ことのはロジック

皆藤黒助

JN177613

講談社
タイガ

【もくじ】

【一話】四猿の間違い
四猿
007

【二話】彁
彁
093

Kotono-ha
logic

【三話】黄昏を消して 162

【四話】月は綺麗ですか？ 229

Illustration くじょう
Design AFTERGLOW

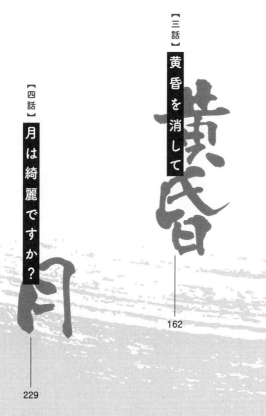

ことのはロジック

一話　四猿の間違い

言《こと》の葉《は》は、海によく似ている。

途方のない量が存在していて、その全貌は今後もきっと理解し尽《つ》くすことはできないだろう。使い方次第で人を笑顔《えがお》にもできるが、殺《ころ》すこともできる。かといって、それがなければ俺達は生きていくこともままならない。

なんて自分で考えたように語っているけれど、最古の近代国語辞典『言海《げんかい》』や、収録数世界最大の字典『中華字海《ちゅうかじかい》』に含まれている『海』という文字のイメージを拝借しているだけだ。

それでも俺の言葉に対するイメージは、海が最もしっくりくる。だからなのだろうか。いつの頃からか、浜辺に立って寄せては返す黒い波をぼんやりと眺《なが》める夢をよく見るようになった。

前方に果てしなく広がる黒い海は、そこから香る龍脳《りゅうのう》の清涼感のある香りのおかげで、墨汁でできているのだとわかる。だが、わかったところで何かができるはずもなく、俺は一人で膝を抱えて座り込む。夢から覚めるまで、いつもこのまま。

それはまるで、俺の言葉に対する現状を示しているようだった。

俺にとって墨は、言葉の源だ。溢《あふ》れんばかりのそれが、こうして目前に抱えきれないほど蓄積されている。それなのに俺は何もできず、ただ茫然と眺めることしかできない。

言葉とは、美しいものだ。

楽しいものだ。面白いものだ。愛《いと》しいものだ。

泣けるものだ。ときめくものだ。落ち着くものだ。心弾《はず》むものだ。

そんなことは、知っている。いや――知りすぎたからこそ、こうなっているのだろう。

日常生活に困らなければ、それでいい。必要以上の言葉を表に出す意味などない。つまらないものは、形作ったところで所詮《しょせん》つまらないのだから。

かつては勝手に文字となり溢れ出ていたそれらは、今はそこで穏《おだ》やかに波打っている。

言葉よ。

言葉よ。

言葉よ。

――どうか、そこで静かに眠ってくれ。

●

夏休み明け初日は、誰でも憂鬱《ゆううつ》なものだろう。昨日までは寝《ね》ていても許《ゆる》された時間に起床し、久々に袖《そで》を通した制服に違和感を覚えつつ、九月になったからといっても急に手を緩《ゆる》めはしない炎天下を重い足取りで学校へと向かう。

きっと俺は、亡者のような顔をしているに違いない。そしてそれは、他の皆も例外ではないはずだ。そのことを確かめるように、俺は教室の外の廊下で窓に背を預け、次々にやってくる同学年の生徒達を眺めていた。

「よう、肇《はじめ》」

知った顔が、俺の名を呼び片手を挙げる。こちらの返事を待たずして、その長身が隣に並んだ。百九十近い彼が隣に来ると俺が低く見える気がして、謎《なぞ》の敗北感を覚えてしまう。

「教室に入らないのか？」

「俺と同じような顔で登校してる奴がどれだけいるか数えてるんだ」

「捻《ひね》くれてんなぁ」

呆《あき》れ半分な様子の彼は、負のオーラなど微塵《みじん》も感じさせない実に爽やかな顔で笑った。

「夏休みが明けた初日だってのに、香澄《かすみ》は面倒だと思わないのか？」

佐村《さむら》香澄は、僅かに言い淀むと「俺は部活で毎日この時間に登校してたからな」と答えた。なるほど。高校生らしい活気を失っている輩《やから》は、俺と同じような帰宅部の連中くらいということか。

「肇も部活入ればいいじゃん。入学してからまだ半年も経《た》ってないんだし、今からでも遅くないでしょ」

割って入ってきたのは、子どもっぽくて高い声。視線を少し下げると、いつからそこにいたのか、ポニーテールを後頭部にぶら下げている小柄《こがら》な女子がその場にしゃがみ込んでソーシャルゲームに興じていた。

「羽流《はる》か。小さくて気づかなかった」

彼女、小野《おの》羽流はゆっくりとその身を起こす。俺より頭一つ分は小さい羽流のつむじを眺めていると、それは頭突きとなって俺の鼻を直撃した。

「次チビって言ったら、殺す」

「いや、そこまでは言ってないだろ」

小動物的な見た目に似つかわしくない凶暴性は、夏休みを経ても健在のようだ。指先で鼻が曲がっていないことを確認する俺へ、彼女は「で、どうすんの？」と話を続ける。

「何が？」

「だから、部活。アタシ今日休みだから、見て回るなら付き合ってあげてもいいけど」

ぶっきらぼうな善意を受けて、俺は視線を逃がす。返答しようと開いたはずの口からは、言葉になりそこなった何かが零れ落ちるだけに終わった。静観していた香澄が、見かねた様子で溜息をつく。

「夏の大会も終わって、大抵の部活は三年も引退して落ち着く時期だ。羽流の提案は、俺も悪くないと思う。体を動かすのは気持ちいいもんだぞ」

筋肉質な腕を組んでいる彼の主張に同意した羽流が、繰り返し頷《うなず》いている。全く、これだから体育会系は。

「悪いけど、興味ない」

短い拒絶を押しつけると、香澄と羽流は出来の悪い息子に悩む親のような視線を互いに交錯させた。

「肇が飽《あ》きっぽいのはアタシが勧《すす》めたソシャゲを三日持たずにやめた時点でわかってたつもりだけど、やろうともしないというのはどうかと思うよ」

「俺は帰宅部で手一杯なんだ。それと、羽流が勧めたソシャゲをやめたのは単純につまらないからだ」

「は、何で？　面白いじゃん！」

ポケットから再びスマホを取り出した彼女は、ゲームを起動してその面白さを熱弁し始める。恐ろしくて金額までは訊《き》いていないが、それなりに課金もしているそうだ。

別に俺は、課金を否定したいわけではない。好きなものにお金をかけるのは当然のことだ。寧《むし》ろ、それほどのめり込めることに出会えている彼女を羨《うらや》ましいとすら思う。

自分の現状と比較すると、尚更《なおさら》気が滅入った。俺の高校生活は、このままダラダラと無意味に浪費されていくだけなのだろうか。

「ぼちぼち予鈴が鳴るぞ」と、香澄が時刻確認に用いたスマホを片手に忠告する。教室に入ろうと足に力を込めたところで、見慣れぬ色が視界の端に映った気がした。反射的に振り返るも、そこには生徒達の人波が溢れているだけ。

「……あれ？」

首を捻る俺に、羽流が「早くしろよ」と急かす。おかしいな。俺には一瞬、確かに見えたのだ。

光り輝くような、美しい金色が。

予鈴が鳴り少し経つと、担任の尾長《おなが》先生が教室に入ってきた。そこそこ高齢の先生で、白髪で背が低く目がギョロッとしている。その風貌《ふうぼう》は何処《どこ》となくアインシュタインに似ているが、担当教科は国語だ。

彼がしゃがれた声で出欠確認に入った頃合いで、隣のクラスから零《こぼ》れたざわめきが黒板の向こうからこちらに漏れ出してくる。俺を含むクラス中《じゅう》が、透視にチャレンジでもするかのようにその向こう側へと視線を向けた。

「ああ、そういえばあの子は隣の組に入ったのでしたね」

尾長先生が、顎《あご》を擦《さす》りながら一人納得している。俺のクラスは三組で、黒板側に当たる隣のクラスは四組だ。

「先生、何の話ですか？」と、羽流が挙手して尋ねる。尾長先生は「転校生が来たのですよ」と教えてくれた。続けざまに「可愛《かわい》い子ですか？」と、後ろの席のおちゃらけた男子が尋ねた。先生が頷《うなず》くと、男子一同がざわめき立つ。

「ホームルームが終わったら、ご挨拶《あいさつ》に行ってみるといいですよ」

尾長先生は、出席簿に視線を戻しながら告げる。

「皆さんにとって、新しい出会いが待っているはずです」

●

ホームルームが終わると、クラスの男子共は忍者のような速さで教室を飛び出していく。夏休み明けに合わせてやってきた可愛い転校生の話はどうやら他のクラスにも伝わっていたらしく、各教室の熱に浮かされた野郎共が、風を切って我先にと四組へ迫っていた。

教室を飛び出したのは俺も同じなので、あまり他人のことは言えないのだが。

既に廊下は満員電車のような状態だったが、学内でも際立って背が高く、剣道で鍛《きた》え抜いた強靱《きょうじん》な肉体を持つ香澄が先頭に立って、俺と羽流の通る道をこじ開けてくれた。生まれた隙間に頭を突っ込み、四組の教室内部を覗《のぞ》き見る。その瞬間に、尾長先生の言葉の意味が理解できた。

転校生とは、外国人だったのだ。

柔らかそうな白い肌。宝石のような青い双眸《そうぼう》。三日月のようにスッと通った高い鼻筋。ちょこんと添えられた小さな唇《くちびる》。そして何より、ややウェーブがかかっているブロンド髪。瞳《ひとみ》に焼きつく特徴のどれもが、俺の知る女性の……いや、日本人のものとは異なっている。それなのに学校指定の夏服である白い半袖のセーラー服姿であることには、失礼ながらコスプレじみた違和感を覚えた。

「へー、凄《すご》い！　可愛い子だね」

羽流の率直な感想に頷きながら、俺は彼女に見惚《みと》れている。俺の狭い世界に、今日まで異国の人が絡んでくることはなかった。隣のクラスに違う国の人がいるというのは、それだけでとてつもなく新鮮であり、違う世界の出来事のようにすら思える。

談笑している彼女が、おかしそうに笑った。両頰《りょうほお》に見えたえくぼが、大人びた見た目でも年相応の可愛らしさもあることを主張しているかのようで、鼓動がドキリと高鳴る。

そんな感情を抱いている輩は、どうやら廊下に溢れるほどいるようだった。

「おい、見たなら場所代われよ」と、後ろにいた男子に背中を叩《たた》かれる。仕方なしに首を引っ込めようとしたところで、黒板のど真ん中に白いチョークで書かれているカタカナが目に入った。

アキ・ホワイト。おそらくは、担任が紹介の際に書いたまま消されていない彼女の名前。俺はその名を忘れぬよう、しっかりと瞳に焼きつけた。

●

俺の通う私立深根川《みねがわ》高校は、三年ほど前に校舎を建て替えている。パッと見た外観は長方形の校舎数棟が渡り廊下で繋《つな》がれている普通の造りだが、やや珍しい意匠的特徴として、生徒用玄関を入ってすぐのところに大きな円形の吹き抜けスペースが設けられていた。

校内の案内図には『第二ホール』と明記してある。では『第一ホール』は何処なのかと言えば、職員玄関側にある小さなスペースの方。しかしながら、生徒の間ではこの三年間で第一ホールは『小ホール』、第二ホールは『大ホール』という呼び方が定着しているそうだ。実際この方が特徴を摑《つか》んでおり、非常にわかりやすい。

始業式を終えた後、そんな大ホールの片隅《かたすみ》で俺は香澄と共に羽流が読み上げるメモの内容に耳を傾けていた。

「アキ・ホワイト。年齢はアタシ達と一緒で、アメリカ人。好きな食べ物は甘いもので、嫌いな食べ物は生もの全般。趣味は興味を惹《ひ》かれる日本語の収集だって」

つらつらと述べられたのは、羽流が隣のクラスにいる友達から集めてきた彼女の情報。しかし、まだまだ物足りない。

「留学生ってわけではないのか?」と、興味があるのかないのか見て取れない香澄が問う。

「さあ?　留学生ならさっきの始業式で全校生徒に紹介する場を設けるだろうし、違うんじゃないの」

羽流の考え方に、俺も概《おおむ》ね同意だった。

「遥々《はるばる》アメリカからこっちに引っ越してきたってことか?　日本語はどの程度通じるんだろう。部活とかするつもりはあるのかな?」

頭に浮かんだ疑問を次々に吐露すると、羽流は「何でもかんでもアタシに訊くな!」と怒り、遠心力で加速させたポニーテールで俺の顔を叩いた。

「情報は教えてやったんだから、約束通りジュース買ってこい」

「今からか?　放課後でいいだろ」

この学校で唯一飲み物を購入できる自販機は、渡り廊下で繋がれた別棟の食堂にしか設置されていない。高い天井が生み出す開放的な空間が売りの、生徒達の憩いの場である。とは言っても、肩身の狭い一年生が席を確保すると先輩から睨《にら》まれることになるらしいので、あまり利用したことはないのだが。

走れば予鈴には間に合うだろうが、そうまでして買ってきても飲む時間はない。せっかくの冷えた飲み物が、まだまだ夏と遜色《そんしょく》ない暑さによって温《ぬる》くなってしまうだけだ。

「ずいぶんとあの子のことを知りたがるな、肇」不意に、香澄が悪戯顔《いたずらがお》で「ひょっとして、惚《ほ》れたのか？」

羽流がニヤケ面《づら》で口元に手を添えて「おやおや」とムカつく反応を示してくる。否定したいが、拒絶の言葉はどうしても口から出てこなかった。恥ずかしながら、これが噂《うわさ》に聞く一目惚れというやつなのだろう。

しかし、あの容姿を前にすれば無理もないと思う。大袈裟《おおげさ》な表現ではなく、まるで妖《よう》精《せい》。テレビや雑誌でしか見たことのないような異国の美少女が、同じ学年の隣のクラスというこれ以上ないリアリティを携えて現れたのだ。俺の乾いた心でも、浮き足立ち踊りだしてしまう。

軽快なステップを踏む心臓を抑えながら何とか誤魔化しを図ろうとしたところで、

「墨森《すみもり》君」

声をかけられた。そこから嫌な人物を連想した俺が聞こえないふりをしていると、今度は「墨森肇君」とフルネームを呼ばれて逃げ道を塞《ふさ》がれる。

仕方なしに振り返ると、ホールのあちこちで談笑する生徒達を背景に、案の定知った顔の女性が俺を見据えていた。センターから左右均等に分けられた長い黒髪に、フレームレスのシンプルな眼鏡。一見地味なように見えるが、やや伏している顔はその辺の女子よりも整っていると思う。

学年ごとに異なる上履きの一部の色を見れば、彼女が二年生の先輩にあたることを把握するのは容易い。俺の上履きは赤色で、一年生であることを示している。二年生が青、そして三年生には緑が割り振られている。

「少しだけ、時間いいかな?」

左腕をもう片方の手で擦《さす》りながら、彼女は落ち着かない様子で俺に切り出した。

「おーおー、夏の終わりに春が来たねぇ」

羽流がケラケラ笑いながらおちょくってきたが、気の利く香澄が彼女の首根っこを摑み「先に戻ってるぞ」と連行していってくれた。こうして男女が向かい合う構図が出来上がってしまったわけだが、彼女はおどおどするばかりでなかなか口を開いてくれない。

傍《はた》から見ても、いや、俺から見ても告白される直前のように感じられる。俺も男なので、年上の女性からの告白を受け入れるのは決してやぶさかではないのだが、これから始まるのが愛の告白などでないのだけは、悲しいことに俺自身が一番よく理解していた。

散々じらした末に、彼女は予想していた通りの言葉を吐《は》き出す。

「墨森君、考えてくれた？　その……書道部に入ること」

つまるところ、部活の勧誘。彼女、及川鈴里《おいかわすずり》先輩は、俺がこの高校に入学して以来、何としてでも書道部へ迎え入れようと躍起になっているのである。

「だから、入る気はありませんって。何度も言っているでしょう」

断った回数は、かれこれ二桁《けた》に達している。臆病《おくびょう》そうな人なので、一度強く断ればもう声をかけてくることはないと踏んでいた。なので、二度目の勧誘を受けた時は正直驚いた。三度目、四度目くらいから徐々におかしいぞと思い始めて、今となっては俺が校内で顔を合わせたくない人ランキング第一位の座をほしいままにしている。

「でも、ほら、断られたのは私《わたし》の聞き間違いだったのかも……なんて」

及川先輩は、鋼《はがね》のメンタルを持つポジティブな女子のようなのだ。

「聞き間違いではありません。俺は書道部には入らないとこれまでに何度も言っています」

「あ、幻聴が聞こえる」

「現実に耳を傾けてください。絶対に入りませんからね」

「そんなこと言わないで……うちの書道部、今部員が私一人しかいないの」

俯《うつむ》き加減で語り出したのは、及川先輩の十八番《おはこ》である部の存続危機の話。このままでは、廃部も秒読みなのだそうだ。存続させる方法は二つ。まず一つは、五名以上の部員の確保。そしてもう一つは、書展やコンクールなどで優秀な成績を収めること。

「部員の確保には様々な手を打ったけど、うちの高校は他の部との掛け持ちを認めてくれない。一年生達が入りたい部に入って落ち着いてしまった今からでは、幽霊部員の獲得すら望み薄。だから、もう墨森君に頼るしかないの！」

そちらの都合のいいことばかりを言わないでほしい。

「部を助けると思って、作品を書いてくれないかな？」

手のひらが嫌に汗ばんだ。それが雫《しずく》となり垂れぬよう、拳《こぶし》を強く握り締める。

「歴史のある部だから、私の代で終わらせたくないの」

そんなの、俺には関係ないだろう。

「墨森君ならいい成績が残せるでしょ？　だって、アナタは書道の――」

「いい加減にしてください」

静かな激昂《げっこう》が、及川先輩の畳みかけるような勧誘の声を止めた。流石《さすが》にしつこすぎる。

ここは一度ガツンと拒絶するべきだと決断するも、俺の声は喉元で詰まってしまった。

視界に、ブロンドが飛び込んできたのだ。不意に人混みの中で振り返った彼女、アキ・ホワイトの青い双眸と目が合った――ような気がした。

ここで怒鳴っても、校内で悪い噂が広まるだけ。彼女のおかげで冷静さを取り戻せた俺は、一度呼吸を整えてからよく考えた後に口を開く。

「……先輩、俺はもう書道をやめたんです。これ以上の勧誘は勘弁してください」

早口で言い残すと、逃げるように踵《きびす》を返す。いつもはしつこい先輩も、俺を呼び止めようとはしなかった。

●

十で神童、十五で才子、二十歳《はたち》過ぎればただの人。この言葉を当《あ》て嵌《は》めるにはうってつけなのが、書道に関しての俺である。

小学校で習字の授業を受けたことをきっかけにのめり込むようになり、特別な指導を受けることもなく才能が開花。書展やコンクールに一度応募すれば当然のように上位に名を連ね、僅《わず》か一年後には天才書道少年として周囲に持《も》て囃《はや》されることとなった。地方紙や地元のローカルテレビで取り上げられたことも、一度や二度ではない。インターネットで俺の名前を検索すれば、自らの書に笑顔とピースサインを添えて写る当時の画像がいくつかヒットすることだろう。

しかしながら、早くに花開いた才能はすぐに枯れ果てた。

誰か大切な人を失ったわけでもなければ、ショックを引《ひ》き摺《ず》るような出来事に遭遇したわけでもない。それなのに、ぱったりと書けなくなってしまった。どんな言葉と向き合っても、心が躍らない。筆が乗らない。文字に魂が入らない。

スランプの理由には、心当たりがなくもなかった。しかし、それは俺では——いや、おそらく誰にも解決することはできない。そう結論づけたから、俺は書道を捨てたのだ。

かくして、今は夢も目標もない帰宅部員として日々自堕落な高校生活を送っている。

書道をやめると公言したわけでもないので、思春期を迎えた俺がまだ書けるのに筆を置いていると考えている人は、意外と少なくないようだ。及川先輩も、おそらくそのうちの一人。

「……やっぱり、あんな言い方は失礼だったかなぁ」

夏休み明け初日ということで、学校は昼前で解散となった。階段を気怠《けだる》そうに下りながら、俺はボソリと自己嫌悪を呟《つぶや》く。

何度断っても勧誘を繰り返す先輩にだって非はあると思うし、彼女に対して苛立《いらだ》ちを感じていないと言えば嘘《うそ》になる。だけど、あの時感じたのは自分自身の現状に対する怒りだったのだと、今ならばよくわかった。中学の初めあたりで書道と決別し、もう三年以上になる。それなのに、まだ次なる一歩を踏み出せていない。

そもそも、俺がバスケ部にでも入って毎日いい汗を流していれば、書道とは縁が切れたのだろうと察して及川先輩も勧誘などしてこなかったはずだ。俺のこの燻《くすぶ》っている現状が、何よりも説得力に欠けているのだろう。つまるところ、原因は俺にある。

「謝っておいた方がいいんだろうな」

渡り廊下に出れば、そこから文化部の集まる部室棟まで行くことができる。しかし、あの先輩のことだ。一度そこに顔を出せば、入部届に名を書くまで軟禁されかねない。後日顔を合わせた時に謝罪しようと決めて、大ホールを経由し、生徒用玄関へと向かう。

均等に並ぶ下駄《げた》箱の間に——見慣れぬ金色を捉えた。アキ・ホワイトだ。途端に、夢の中に片足を踏み入れたかのような不安定な感覚が脳を擽《くすぐ》る。

彼女は下駄箱の前に佇《たたず》み、紙に目を落としていた。よく目を凝《こ》らすと、ハートのシールがついた封筒が見える。即《すなわ》ち、ラブレター。

今日が彼女の登校初日だというのに、随分と気の早い奴《やつ》もいたものだ。顔も知らない差出人に呆れていると、彼女は不意に耳元の髪を掻《か》き上げる。その瞬間に見えた横顔は、やはり美しかった。

高鳴った心臓が大方落ち着くのを待ってから改めて覗き込むと、玄関を出ていく彼女の後ろ姿がチラリと見えた。校門は左側なのに右折したということは、ラブレターで指定された待ち合わせ場所にでも行くつもりなのだろうか。

「覗き見とは、いい趣味してますなぁ」

「うおっ⁉」

背後から急に声をかけられた俺は、みっともなく正面に倒れ込む。手足をバタつかせて振り返ると、腰に手を当てて立つ小柄な女子の姿があった。

「はっ、羽流！　驚かすなよ！」

「肇が気づかなかっただけでしょ。ジュースもまだ奢《おご》ってもらってなかったし」

ああ、及川先輩とのことですっかりその約束を忘れていた。

「そんなことより」

彼女は口元に手を当てて「シシシ」と悪人面で笑う。

「あの子、何処に行くのかな。気になるよねぇ？」

「別に気にならねーよ」

「気になるよね？　覗き見が趣味の肇くぅん？」

駄目だ。弱みを握られている。

●

この高校には、グラウンドの隅に立派な百日紅《さるすべり》の木が一本聳《そび》えている。学校ができる前からそこに生えていて、伐《き》るには惜しいからとその場に残されたのだと、羽流が何処からか得た情報を俺に教えてくれた。

シンボル的な存在なので、生徒間では代々様々なジンクスが生まれては根付いているらしい。『根元に死体が埋まっている』という古典的な怪談から、『木の下で告白すると上手《うま》くいく』という定番の恋愛絡みまで。

彼女がラブレターで呼び出されたのは、そんな百日紅の木の下のようだ。九月に入ってはいるが、照りつける日差しは真夏と遜色ない。そんな炎天下で女性を待たせるというのは、いかがなものだろう。

とはいえ、暖かい風が青々とした木の枝葉と彼女のブロンド髪を揺らす光景はとても絵になっている。それを見られたことに関しては、手紙の差出人に感謝してもいいと思えた。

「しかし、ベタなところに呼び出す奴もいたもんだな」

「は？　ベタの何が悪いっての？　ロマンチックでいいでしょうが！」

羽流は何をそんなに怒っているのだろう。大体この木の下で告白ということとイコール、グラウンドを使う野球部やサッカー部の前での公開告白ということになる。無様《ぶざま》に振られようものなら、恋敵といえども可哀想《かわいそう》で目も当てられない。

「相手はまだ来ないのか？」

物陰から見守ること、既に五分は経過している。ジリジリと焦《こ》がすような太陽光線を頭頂部に受けて、とうの昔に汗は止まらなくなっていた。自分から待ち合わせ場所を指定しているのだから、先に待っているくらいの誠意は見せるべきだと思うのだが。

「いや、もう来てるよ」

返答を寄越したのは、羽流。そんな馬鹿《ばか》なと百日紅の方へ目を向けたが、視界に入るのはピンと背筋を伸ばして何処か遠くを見つめている彼女の姿のみ。

「誰も来てないぞ。相手は透明人間だとでも言うつもりか？　嘘つくなよ」

「嘘じゃないって」

「じゃあ、そいつは何処にいるんだ」

「ここ」

即答した彼女が指さした相手は——俺。

意味がわからなかった。ひょっとして俺は、恋愛ウイルスに感染して突発的に恋文を一筆したため、無意識のうちに彼女の下駄箱の中に投函《とうかん》していたのだろうか。

「って、そんなわけあるかっ！　デタラメ言うな！」

「デタラメじゃないって。あの手紙、アタシが入れといたの」

「……俺の名前でってこと？　え、何でそんなことすんの⁉」

「いいからいいから。これ以上女の子を待たせるもんじゃないぞ」

ポンと背中を押されて、俺は物陰から放り出される。途端に、彼女の青い瞳が俺を捉えた。

そのラブレターは悪友の悪戯なんですと説明すればいいだけだ。難しいことではない。俺はズボンとシャツについた土を叩き落としながら、彼女の元へ向かう。しかしながら、いざ対面してみると言葉は枯渇した泉のように何一つとして湧《わ》き出てこない。

それほどに、彼女は美しいのだ。古代ギリシャの彫像のように、触れてはならないような神々しさすら感じてしまう。俺にとってその異国の外見はあまりにも新鮮で、堪《たま》らなく眩《まぶ》しく、困ったことに、どうにも刺激が強すぎる。

時間がかかればかかるほどに、グラウンドを使う運動部からの『身の程知らずの馬鹿がいるぞ』という視線は集まるばかり。手早く終わらせるのが互いにとって吉だと喉を絞ったところで、

「この手紙の人ですか？」

彼女の方から、俺に声をかけてきてくれた。後を追ってくるのは、強烈な違和感。

「あ、あれ？　日本語……」

流暢《りゅうちょう》な英語、もしくは片言の日本語が聞こえてきて当然と身構えていたのだが、発せられたのはイントネーションに違和感を受けないほど垢抜《あかぬ》けている日本語。顔立ちと言葉のギャップに、騙《だま》し絵に引っ掛かったような不思議な感覚に陥《おちい》る。すると、彼女は困り顔で口を開いた。

「同じ組の人達にも、似たような反応をされました。この通り日本語は普通に話せますので、お構いなく」

「いや、こっちこそ勝手な先入観を持っていてごめん……あ、俺は墨森肇。同じ一年で、隣の三組」

「アキ・ホワイトです。今日からよろしくです」

ニパッと笑う彼女の頬には、見覚えのあるえくぼが見えた。俺は照れくさくなり、顔を俯けてしまう。このまま黙り込みコミュニケーション能力のなさを露呈するわけにはいくまいと、会話を継続するべく当《あ》たり障《さわ》りのない話題を振る。

「に、日本語上手だな。日本に来て長いのか？」

本当に、我ながら溜息《ためいき》が出るほど無難《ぶなん》な質問だ。彼女はまつ毛の長い瞼《まぶた》を数回瞬《しばた》かせた後に「いえ、アメリカから越してきたばかりですよ」と答えた。

「じゃあ、身近に日本人もしくは日本語の上手い人がいて、その人に習ったってことか？」

俺の推測を「まあ、そんな感じですかね」と彼女は軽く流す。そうでもなければ、流石にここまで流暢な日本語は話せないだろう。

「でも、本当に上手だな。これはお手上げだよ」

俺は授業で英語を習っているが、話せるようになる自信は正直全くない。だからこそ、素直に尊敬する。率直な感想を口にすると、彼女は眉間に皺を刻んでしまった。触れてはならない部分だっただろうかと肝を冷やしたところで、彼女は首を傾《かし》げて「オテアゲ？」と呟く。

これだけ話せるとはいえ、まだまだ知らない言葉は多いようだ。気分を害したわけではなかったことに、俺は人知れずほっとする。

「お手上げは、降参って意味だ。英語だと『give up』かな。わかるか？」

自分なりに説明したところ、彼女は「はい」と返答しながら土の上に下ろしていた通学鞄《かばん》に手をつける。その中から取り出したのは、一冊の手帳だった。

カバーがメープル色のなめし革で仕上げられているそれはリング式バインダー型のタイプで、持ち運びの際に開かないよう留めるためのベルトと、ペンを差し込むことのできる輪っかがついている。ルーズリーフを挟めば挟むほどページ数を増やせる仕様となっているが、手帳は既に表面が弧を描くほどパンパンに膨《ふく》れ上がっていた。

横から見ると色違いの紙が地層のようになっていて、上部からは色も形も異なる付箋《ふせん》がいくつもはみ出している。パッと見ただけで、それが長年使い込まれているものだと理解できた。

彼女は手帳の後半のページを開くと、芯《しん》を出した桃色のボールペンと共に俺へと差し出して「どんな字で書くか教えてください」と要求してきた。近距離に迫る青い眼《め》に、自分の間抜け面が映し出されている。

言われた通り、真《ま》っ新《さら》なページの右上に『お手上げ』と書き記す。それをまじまじと見た彼女は、満足そうに「また一つ、賢くなれました」と微笑《ほほえ》んだ。

そういえば、羽流から得た情報の中に『趣味は興味を惹かれる日本語の収集』というものが混ざっていたような気がする。なるほど。この好奇心が日本語上達の肝ということか。

「それで」彼女はやや俯き加減に「この手紙のことなんですけど」

しまった。偽ラブレターの存在を、すっかり失念していた。

アメリカには、おそらく恋文を下駄箱に入れるという文化はないだろう。家でも土足が当たり前なのだから、そもそも学校に下駄箱など備えつけられていないはず。だが、この様子だと彼女は日本語のみならず、日本の文化にもそこそこ詳しそうだ。この定番の告白方法を知っていても、不思議ではない。誤解は解いておかなければ。

「えっと、その手紙なんだが……間違いなんだ」

「間違い？　では、書かれている内容も嘘ということ？」

「いや、あながち嘘でもないというか何というか、馬鹿な知り合いが悪戯で出してしまったんだ。申し訳ない」

俺が謝罪するのもおかしな気はしたのだが、一応頭を下げる。すると彼女は、手紙に目を通しながら小さく「残念です」と呟いた。

——残念？

「やっぱり、嘘じゃない……かも？」

好転のチャンスを見逃さず、無理やり言葉の舵《かじ》を切る。羽流の仕掛けた強制玉砕告白かと思われたが、脈があるならば話は別だ。まだ見ぬ恋愛の大海原へと、喜んで漕《こ》ぎ出そうではないか。

「嘘じゃないなら、とても嬉《うれ》しいです！」

笑顔を咲かせる彼女を前に、俺は確信する。墨森肇の輝きに満ちた高校生活は、ここから始まるのだということを。

「それじゃあ、その……これからよろしくってことでいいのか？」

「肇がよければ、よろしく！」

いきなり下の名前で呼び捨てなんて、自由の国のお国柄だろうか。それとも、彼女自身の性格なのか。どちらにせよ、大歓迎だ。

「こちらこそよろしく……アキ」

勇気を出して、俺も呼び捨てにしてみた。彼女は嫌な顔など見せず、優しく受け入れてくれる。悔《くや》しいが、羽流には感謝しなければならない。漕ぎ出した船は桃色の大海へと出て、恋という名の大波小波を押し進む。きっと、素晴らしい航海になるに違いない。

「嬉しい。これからは、肇が日本語の先生ですね」

「ああ……え？」

船は早速暗礁に乗り上げた。俺はこめかみを押さえながら、状況の整理を図る。その上で真っ先にやるべきことは決まっていた。

「悪いが、その手紙を見せてもらってもいいか？」

「はい。どうぞ」

渡されたそれに目を通すに連れて、自分の顔から血の気が引いていくのがわかった。短い文面は、羽流の丸っこい字でこう綴《つづ》られている。

《アキの好きそうな日本語をたくさん知っている人に心当たりがあるから、放課後にグラウンドの隅にある木の下で待ってて。　小野羽流》

どうやら、全ては羽流の小さな手のひらの上だったようだ。キョトンとしている彼女は、俺が日本語を教えることを了承してくれたものとして受け止めている。何が恋愛という大海原へと漕ぎ出そう、だ。赤っ恥もいいところ。堪らず、両手で顔を覆う。

「実は、最初はラブレターなんじゃないかと思いびっくりしました。羽流には内緒ですよ？」

恥ずかしそうに唇へ人差し指を当てる彼女を前に、俺は「転校初日から告白する奴なんて、流石にいないだろう」と引き攣《つ》った笑顔を披露した。やはり、日本流のラブレターの渡し方も知っていたのか。

「それもそうですね。でも、いつかはもらってみたいものです」

携帯端末の普及で、手紙による告白は減ったと聞く。男でも女でも、形で残る手紙の方が数倍嬉しいだろう。

「私、密かに憧れている告白の言葉があるのです」

それは耳寄りな情報だ。俺は少しだけ興味があるというような体《てい》を装い「へぇ、どんなの？」と探りを入れる。彼女は元気よく答えてくれた。

「月が綺麗《きれい》ですね」

当然、その言葉は知っている。かの有名な夏目漱石が残した『I love you』の日本語訳だ。本当に漱石本人が残した言葉なのかどうかは諸説あるが、野暮なことを言って怒らせるほど俺も馬鹿ではない。

「初めてこの言葉と意味を知った時は、あまりの美しさに涙が出ました。私も告白されるなら、これに負けないくらいの言葉を贈ってもらいたいです！」

彼女を振り向かせるためには、歴史に名を遺す文豪を超えなければならないのか。何て高いハードルなのだろう。

「やあやあ、お二人さん」

そこへ大手を振り、颯爽《さっそう》と現れる黒幕。確信犯である羽流は、俺にニタニタと腹立たしい笑みを見せつけてきた。怒りたいが、怒れない。激怒の理由を、事情を知らない異国から来たばかりの彼女に説明できないから。

「羽流！　肇が手紙の件、引き受けてくれました！」

「よかったねアキ。やると言ったからには、しっかりやんなよ」

「いや、ちょっと待てって」

どうやらこの二人、既にある程度親しくなっているようだ。俺が拒《こば》むような言葉を吐くと、途端に彼女は悲しそうな顔を見せる。羽流がじっとりとした、責めるような視線を向けてきた。

「ごめん。でも、そもそもが勘違いなんだ」

「勘違い？」

「と、ともかく、ホワイトさんは十分日本語が上手だし」

「ホワイトさん？　さっきはアキって呼びました」

妙なところに食いつかれてしまった。しかし、あの呼び捨てはカップル成立だと思い気が大きくなってしまったからであり、今となっては恥ずかしくて呼べたものではない。

「アキって呼んでください」

だが、本人にそう要求されてしまっては、無下にする方がかえって意識していると思われかねない。名前とは元来、呼ばれるために存在するのだ。異性を下の名前で呼び捨てするのは恥ずかしいという日本人の固定観念の方こそ間違っているのかもしれない。

「……わかったよ。アキはこの通り十分日本語が上手だし、面白い日本語を知っている人なんてそこらじゅうにいる。特別俺に教わる理由もないだろう」

「いや」羽流が割って入る。「でも肇は、そこらの人より詳しいでしょ。だって」

——そこから先は、言ってほしくない。羽流が続ける言葉を遮《さえぎ》ろうとしたところで、

「もしかして、書道をしていたからですか？」

驚くことに、アキが正解を言い当ててしまった。

「え……何で知ってるんだ？」

「たまたま肇が書道部の人と話しているのを聞いてしまいまして……ごめんなさい」

ああ、始業式後に大ホールで及川先輩に絡まれた時のことか。視線が合ったような気がしていたけれど、やはりあの時見られていたようだ。バレているのなら、仕方がない。

「聞いていたならわかると思うけど、俺は書道をやめた人間だ。そんな人間が教えられる言葉なんて、ろくなものじゃない」

「何かっこつけてんの？　知識が消えたわけじゃないんだから、いくらでも教えられるでしょうが」

横から羽流が脇腹《わきばら》を突《つつ》いてくる。真剣な話をしているというのに、彼女がいるとどうにも締まらない。

「もう十分からかって遊んだだろ？　約束してたジュース代やるから、どっか行ってくれ」

「何だよ人を邪魔者みたいに。それに、アタシだってこの場所に用事があるんですー」

用事か。まさか、ラブレターでここに呼び出されたなんて言うつもりではないだろうな。パッと見でギリギリ中学生かと思える程度の身長と童顔を併せ持つ羽流に告白する奴がいたならば、その男はやや危ういと思うのだが。それがどういう意味なのか、皆までは言わないけれども。

顎を擦りながら一人思案に耽《ふけ》っていると、痺《しび》れを切らしたように羽流の方から話し始めた。

「回ってきた手紙で、この木が今日の部活の集合場所に指定されてたの！　まあ、まだ誰も来てないみたいだけどさ」

つまり、アキをわざわざこの場所に呼び出したのは、部活の待ち合わせついでの暇つぶしも兼ねていたということか。

「ていうか、今日は部活ないって言ってなかったか？」

「急にやることになったみたい」

「本当か？」

俺は疑うように、周囲を見渡す。そして「他の部員なんて、来る気配すらないじゃないか」と羽流に詰め寄った。

「肇、あまりいじめては羽流が可哀想です」

アキが羽流の肩を持つ。コイツはその小動物じみた見た目のおかげで、昔から味方を作りやすい環境に恵まれている。中身はとんだ曲者《くせもの》だというのに。

「じゃあ、何で他の部員はここに来ないんだよ？」

「アタシは確かにここだっていう連絡を受け取ったもん」

「なら、他の部員に電話やメールで確認してみればいいだろ。羽流が何か勘違いしているんじゃないのか？」

「何をぅ！　やんのかこの野郎っ！」

視線で火花を散らす俺と羽流。グラウンドの隅で巻き起ころうとしている龍虎《りゅうこ》の激突など何処吹く風で、アキは両手のひらをパチンと合わせる。同時に、笑顔が花咲いた。

「一緒に考えてみましょう！」

アキの提案に、俺と羽流は揃《そろ》って疑問符を浮かべる。

「考えるって……それでどうするんだ？」

「どうするも何も、そっちの方が面白いに決まってますよ！」

有無を言わせぬ熱気を纏《まと》い、アキは鼻息を荒くした。

「もしかしたら、日本の言葉の楽しい一面に出会えるかもしれません！」

●

アキの提案により、百日紅の木陰《こかげ》で本来ならば電話一本で解決する内容に関する議論を始めることになった。今やグラウンドで行われている運動部の練習は本格的になっていて、暑さに負けない気合の声がそこかしこから飛んできている。

「訊いていませんでしたが、羽流は何部なのですか?」

質問を飛ばしたのは、アキ。尋ねられた羽流は、その場で見事にバク転を決めて見せた後に「体操部!」と答えた。スカートなのだから、多少の恥じらいは持ってもらいたい。

羽流が体操部を選んだのは、正直今でも意外に思っている。小柄なので身軽に動けて、運動神経も抜群にいい。それでも、破天荒なイメージの彼女と芸術面も問われる体操という競技は、あまりしっくりとこなかった。

いい機会なので、尋ねてみよう。

「今更だけど、何で体操部を選んだんだ?」

「顧問の天城《あまぎ》先生がイケメンだから」

ああ、完全に納得した。俺の知る彼女とは、こういう奴だ。

「話を戻しますけど」アキが進行役を買って出る。「羽流の部活仲間は、今日この場所に来るはずなんですよね？」

「うん」

「この場所は、誰から聞いたのです？」

「隣の、アキがいる一年四組の部員の子から回し手紙が回ってきたの」

思い返してみると、確かに始業式後のホームルームの時間に回されていた。懐《なつ》かしいことをする物好きもいたものだと感じたのを覚えている。

「マワシテガミ？」

急に片言になったということは、これもまたアキの知らない言葉だったのだろう。訊かれる前に、説明に入る。

「回し手紙は、授業中に手紙を人から人へと渡し、個人または複数の送り主へ届ける遊びのことだ。手紙回しとも呼ぶ。一人一台携帯端末を持つ時代だから、やる人は少なくなったかもな」

「回し手紙が回る……日本語として変な気もしますね」

全くもって、おっしゃる通り。難癖《なんくせ》をつけながらもきっちりと手帳にメモを取ったアキは、それをパタンと閉じて俺達に向き直る。

「手紙ということなら、羽流が書かれている文字を見間違えたのではないですか？」

「うん。俺もそう思う」

アキの考えに同調すると、羽流が憤慨《ふんがい》した様子で食ってかかる。

「アタシが何をどう見間違えたってのさ！」

「回ってきたっていうその手紙を確認できれば一番手っ取り早いんだが」

「生憎《あいにく》だけど、持ってないよ。四組から回ってきたから、三組で確認が終わり次第体操部員のいない二組は飛ばして、一組の子に渡しちゃってるの」

まあ、現物があるとは元より期待していなかった。なんて思った矢先に、彼女は「手紙の内容をメモしたものならあるけどね」とスカートのポケットに手を入れる。

小銭やガムの包み紙などと一緒に引っ張り出されたのは、四つ折りにされたノートの切《き》れ端《はし》。開いてみると、殴り書きで短い一文が書かれていた。

《ほうかご、大木まで》

大木《たいぼく》か。校内でそう呼べる立派な木は、この百日紅くらいしかないと俺も思う。入学してまだ五ヵ月といえども、学校の敷地内に大木と呼べる大きな木が他にあるなら流石に気づかないわけがない。

同時に、妙にも感じる。花の女子高生が、大木なんて呼び方を好んで使うものだろうか。

「手紙の文面は、こんなに短かったのですか？」と、アキから疑問が飛ぶ。羽流は「いんや」と雨に濡《ぬ》れた小型犬のように首を振った。

「長かったから、重要な部分だけパパッとメモを取ったの。ソシャゲがいいところだったもんで」

回し手紙が教室を巡ったのは、ホームルームの真っただ中だったはずなのだけど。

「急いでメモを取ったなら、見間違えても不思議ではない。部員が誰もこの木の下に来ない以上、見間違えた文字は『大木』なんじゃないか？」

俺が顎を擦りながら考察を述べたところ、アキが挙手して「一つ、思いつく案があるのですけど」と元気よく割り入ってくる。

「女子体操部かその関係者に、大木《おおき》って苗字《みょうじ》の人がいるのではないですか？」

アキが指摘したいのは、放課後にこの木の下に集合するのではなく、大木さんという人の元へ集合しろという連絡だったという可能性。もしそうだったのなら失笑ものだが、羽流は案の定首を左右に振る。

「いないよ。小木《おぎ》って子ならいたことがあるけど、あの子は先生を巡る部内の熾烈《しれつ》な争いについてこられなくて、入部から三日と持たずに辞めちゃったから」

「そうか……んん？」

何か今、さらりと妙なことを言っていたような気がする。俺が違和感を整理するより早く、アキが羽流に疑問を吐露した。

「先生を巡る争い？」

「ん？　ああ、女子体操部の顧問の天城先生がイケメンだって話はしたでしょ。アタシが内情に探りを入れた限り、部員はどいつもこいつも先生を狙《ねら》ってるようなもんなの」

ドロドロとした部活動もあったものだ。できる限り関《かか》わり合いになりたくないと思う俺を余所《よそ》に、アキは「禁断の恋……漫画みたいです！」とテンションを上げていた。女心は、よくわからない。

話を先に進めよう。

「アキの示した大木さん説が否定されたなら、この謎は何という字を『大木』と空目《そらめ》したのかが肝ってことでいいと思う」

俺が記憶を探るよう視線で羽流に訴えると、彼女は難しい顔で腕を組み、首を左右にぐらぐらと傾《かし》げて見せる。期待したところで、思い出せないだろうな。何せ彼女自身は正しいと思い込み『大木』とメモしているのだから。

「アキ、もう満足じゃない？　部員に連絡してみていい？」

堪《こら》え性《しょう》のない羽流が、早くもギブアップを宣言する。アキは「駄目です！」と食い下がった。

「でもさぁ、間違えた元の字なんて手紙を回収しない限りわかんないって」

「そんなことないです。『大木』は簡単な文字ですから、羽流が見間違えた類似する文字を探すことはできると思います」

そう言われてみると、できる気がしないでもない。

それにしても、彼女は本当にアメリカ人なのだろうか。こうして接してみるとすっかり異国感が消《き》え失《う》せてしまったというか、背中のジッパーを開けて中から日本人が飛び出した方が納得できてしまう気さえしてくる。

「じゃあ、思いつく類似文字を順に挙げてみるか。運がよければ、正解に辿り着けるかもしれない」

「いい案ですね！」

俺の提案に賛同すると、アキは百日紅の下に落ちていた手頃な木の枝を三本拾い上げて、俺と羽流に一本ずつ手渡す。

「書いた方がわかりやすいので」

なるほど。連想できる文字を地面に書いて教え合おうということか。

「では、まず『大』に近いものから。ええと……」

アキは枝を指揮棒のように軽く振りながら、思案に耽る。外国人の彼女に漢字を探れというのは酷な気もしたが、本人は楽しんでいるようなのでよしとしよう。考えた末に、彼女は地面に『犬』という誰もが真っ先に思いつく答えを書き記した。

解答のバトンは、羽流へと移る。こちらはあらかじめ考えていたらしく、迷う素振りも見せずに『太』という文字をカリカリと刻んだ。

続く俺も既にいくつかの候補は浮かんでいたので、間髪入れずに『丈《たけ》』と書く。解答順は一周し、再びアキへと戻ってきたのだが、

「うーん……」

どうやら、何も浮かばない様子。無理もない話だ。あまり悩ませるのも気が引けるので、俺は「じゃあ、一回飛ばそうか」と順番を羽流へと移す。しかし、

「アタシももう知らん」

残念ながら、そういうことらしい。

「いや、まだあるだろ」

俺は反論するように、木の枝を固い土に突き立てた。

形状の近さならば『尢《おう》、尤《ゆう》』だろうか。線が一本増えてしまうが『天《てん》、夫《ふ》、夭《よう》』もかなり近いと言える。逆に一画減ってしまうが『人《ひと》、入《にゅう》』も場合によっては空目する可能性はあるかもしれない。正答からは離れてしまいそうだが、他にも『因《いん》、犮《はつ》、夾《きょう》、失《しつ》、央《おう》』などはその形に『大《だい》』を含んでいて――。

「もういいもういいッ！」

羽流に腕を掴み止められて、俺は思考の世界から帰還する。見下ろす先にあるのは、地面に刻まれた『大』の類似文字の数々。

ああ、やってしまった。文字に没頭していた。こんな知識をひけらかしても仕方ないと

いうのに、俺は何をやっているのだろう。

——もう、書道はやめたはずなのに。

調子に乗ってしまったみたいで、恥ずかしい。こんなもの消してしまおうと、俺は書いたばかりの文字達へ手を伸ばす。

「凄いですね、肇！」

そこへ耳をついたのは、アキからの褒め言葉。彼女は喜びの極致とでも言わんばかりに破顔して、俺へ尊敬を含む青い瞳を向けている。

「やっぱり羽流の言う通り、肇は日本語の先生として適任です！」

知らない文字は、書くことができない。当たり前のことだ。だから、俺は書道と向き合う上で、少しでも多くの文字を知ろうと躍起になって言葉を探し求めていた時期があった。なので、そこらの同世代よりは多くの日本語知識があることは自負している。先ほど書き出した類似文字の数々も、その片鱗《へんりん》だ。

「そのまま続けて『木』の類似文字もいっぱい教えてください！」

「いや、でも俺は」

「いいじゃん。教えてあげなよ」羽流はそっぽを向きながら口を挟む。「もう書道で使うことないなら、その知識が他に役立つ場面もないでしょ？」

安い挑発だ。わかっている。だけど、記憶の片隅で埃《ほこり》を被っている俺の知恵をアキが求めてくれるというのなら、それは決して悪い気がするものではない。俺は一度捨てた木の枝を再び握った。

無難なところで『不《ふ》、本《ほん》』といったところか。他に近いところでは『未《み》、末《まつ》、米《こめ》、禾《いね》、水《みず》、朮《おけら》、才《さい》』……先ほどの『大《だい》』よりは、出てきそうもないな。

「よくこれだけたくさんの漢字が出てきますね」

「でも、肝心の正解はさっぱりわからない……いや、待てよ」

そうか——漢字か。

『大』も『木』も漢字なので、俺は無意識のうちに類似する漢字を探していた。しかし、見間違いが発生しさえすればいいのだから、そこに限定する理由はない。もっと視野を広く持てば、見えてくる答えがある。

「……多分、集合場所がわかったぞ」

ポカンとしている二人を余所に、俺は木の枝を放り投げて立ち上がった。

●

訪れたのは、生徒用玄関。目的地はそこを入ってすぐにある、大きな円形のスペース。ここは帰る前に談笑するには持って来いの空間なのだろう。放課後を迎えてから二十分ほどが経過しているが、グループを作り会話に花を咲かせている生徒の姿が至るところに見受けられる。久々に顔を合わせる友人達も多いだろうから、今日は尚更だろう。その中の一組に、羽流が反応を示した。

「あ、本当にいた！」

駆けていく彼女が合流したのは、女子四人のグループ。体操部員の集まりと考えて問題なさそうだ。

「肇。何で集合場所がここだとわかったのです？」

カッターシャツの裾《すそ》をぐいぐいと引っ張りながら、アキが俺に答えを要求してきた。ご褒美《ほうび》を強請《ねだ》る犬のような願望が、瞳を介してひしひしと伝わってくる。正解だという保証は取れたので、俺はもったいぶらずに結論から述べることにした。

「羽流は樹木の『木』とカタカナの『ホ』を見間違えてメモしたんだ」

「なら、集合場所は……大ホ？」

アキが首を傾ける。するとそこへ、羽流が小走りで戻ってきた。その手には、器用にもワイシャツ型に折られた小さな紙が掲げられている。回し手紙による連絡網は俺の席も経由していったので、あれが今回の謎の根源とみて間違いない。

「最後に手紙を受け取った一組の子から借りてきたよ」

というわけで、早速広げて確認してみた。要点を掻《か》い摘《つ》まんだだけの羽流のメモとは異なり、実際の手紙には丁寧に『今日部活あります。放課後に大ホまで集まってください』と書かれている。

気になる『ホ』の文字だが、十字の交点に三画目と四画目の斜め線が触れるか触れないか、絶妙な位置で書かれていた。それでも他の皆はこうしてこの場所に集まっているのだから、多数決では『ホ』として捉えるのが正解なのだろう。

そもそも、体操は室内競技だ。集合場所がグラウンドの隅にある木の下という時点で、疑問を持つべきだったのかもしれない。

ここでアキが、ふて腐れたような顔で尋ねてきた。

「でも、ここは『第二ホール』じゃないですか?」

「ああ、アキにはわかんないよね」羽流はお気楽に告げる。「生徒の間だと、この場所は『大ホール』って呼ばれてるの」

転校初日のアキが、そんなことを知っているはずもない。正式名称の方はきちんと覚えていたのに、それが足枷《あしかせ》になってしまっていたというのは皮肉な話だ。

「大ホール……略して『大ホ』ということ?」

「そうなるな。何でも略したがるのは、日本人の特徴みたいなもんだから」

現在この国で使われている略語を挙げろと言われると、キリがない。わざわざ略す必要もないだろうというものから、略語の方が定着しすぎて元の呼び名が知られていないというケースもままある。

「私、知ってます。コンビニとかコスパとか、あとマックとか」

最後の略称にはもう一つの派閥が存在するが、ここは触らぬが吉だろう。代わりに、彼女が興味を持ちそうな話を贈る。

「こういった略語や聞いたことのない新語を生み出す名人って、結構近くにいるんだよ」

「おお！　誰なのです？」

「アキと同じ、女子高生達だ」

聞くや否や、アキは鞄の中から再びメープル色の手帳を取り出した。パラパラと捲《めく》ったページの中に目的の言葉を見つけると、声に出して読み上げていく。

「JK《ジェーケー》、チョベリバ、マジ卍《まんじ》。言われてみれば、女子高生とこういった言葉は切っても切れない関係にありますね」

その通りだ。レパートリーは果てしなく、すっかり現代社会に浸透しているものから、同世代である俺が聞いても意味がわからないものまで様々。過去にはギャル文字と呼ばれる記号で組み立てた新しい文字を発明したことまであるのだから、素直に感服する。

「私も女子高生になったので、何か言葉を作ってみたいものです」

「そりゃあ、立派な目標だな。上手くいけば、広辞苑《こうじえん》っていう日本の有名な辞典に掲載してもらえるかもしれないぞ」

実際に女子高生が起源と言われている言葉で、その名誉を手にしているものもある。全くの夢物語ではないだろう。

さて、とにもかくにもこれにて一件落着。俺がこの場に留まる理由はもうないだろう。

「じゃあ、俺はそろそろ」

「肇」アキは俺の言葉を遮ると「面白かったですね！」

その笑顔は、こちらが繰り出す別れの言葉を吹き飛ばす突風のようだった。率直な感想を切り返せば、その表情を曇らせかねない。しかし、嘘をつくのも間違っているだろう。

「……俺は面白いってほどじゃなかったかな。単純に、簡単な字を見間違えただけの話だ」

「それが面白いのです。あと、略語や新語の話をしてくれた時、肇は笑ってましたよ？」

指摘されて、俺は手遅れなのを承知の上で自分の口を押さえる。――本当に、笑っていたのだろうか。

彼女にとって、羽流が持ち込んだ先ほどの些細《ささい》な謎は新鮮で面白いものだったのだろう。まだ日本に来たばかりで、そこかしこに自分の知らない言葉が溢れ、未知や発見に好奇心を擽られる日々を過ごしていることは、大切そうに持ち歩いている収集用の手帳を見ればよくわかる。

でも、俺は違う。十六年も生きていれば、日本語に目新しい発見などない。よくも悪くも、慣れてしまっているのだ。最後に胸が熱くなる言葉や涙が溢れてしまうような言葉を見つけたのは、果たしていつのことだっただろう。

昔は——俺がまだ書道家だった頃は、もっと言葉が煌《きら》めいていた。アキと同じような目で、言葉や文字と向き合えていたような気がする。

「あのさ、何かまだ終わってないっぽいんだけど」

申し訳なさそうに繰り出された羽流の言葉が、俺を思考の世界から連れ戻した。

「終わってないって、どういうことですか？」と、アキ。

「部員が足りないの」

羽流は女子グループへ目を向ける。

「ここに集まっているのは、一年一組から一年四組までの部員だけなんだよ」

チョベリバなことに、まだ帰れそうにない。全くもって、マジ卍。

●

正直、人数が少ないとは感じていた。各学年は六組まであり、三年はもう引退しているだろうが、二年の部員はいると考えるのが自然。そのことを考慮すると、全員集まれば今の倍くらいの数にはなりそうだ。

羽流曰《いわ》く、部員の大半はイケメン顧問の天城目当てらしい。いつか昼ドラのような展開に陥らなければいいのだが。

「まだ来てない部員に連絡を取ればいいんじゃないか？」

俺の現実的な提案を「駄目です！」と切り捨てたのは、勿論アキ。止める理由は、聞くまでもない。自分達で考えた方が面白く、日本語の楽しい一面に出会えるかもしれないから。

では、情報を整理してみよう。

この場に集まっているのは、一年一組から四組までの部員計五名。一組が一人、二組に部員はおらず、三組が羽流を含めて三人、四組が一人という割合である。

一組と四組の人とは面識がないが、同じクラスである三組のメンツは知っている。羽流を除く二人の名前は、つり目で落ち着きのない子が斎藤《さいとう》さんで、三つ編みでやや太めの子が園原《そのはら》さん。俺はどちらとも特別話す方ではない。羽流ほどではないが小柄な子が最後に手紙を受け取った一組の立川《たちかわ》さんで、四組の体操部員である眼鏡で後頭部にお団子を作っている子は栗花落《つゆり》という大変珍しい苗字なのだそうだ。

「栗花落は体操部員だったのですね」

アキは四組なので、栗花落さんとは面識がある様子。俺や羽流が下の名前で呼び捨てなのに対して彼女は苗字呼びなのは、おそらくその珍しい字面や響きがお気に召したからなのだろう。気さくに名を呼ぶ彼女に対し、栗花落さんは苦笑いに近い表情を浮かべている。まだ転校初日だ。異国人である彼女との距離を測りかねているのだろう。

それにしても、男子が俺一人に対して女子が六人というこの状況は、敵対しているわけでもないのにアウェイ感が強い。居心地がいいものではないので、早急に終わらせようと口火を切った。

「一つ訊きたいんだが」俺は人差し指を立てて「ここにいる皆は、同じ手紙を読んだからこのホールに集まっていると考えて間違いないのか？」

部員達はチラチラと顔を見合わせながら、一人また一人と軽く頷いて見せる。アキと同じクラスの栗花落さんと、先ほどまで一緒に行動していた羽流はともかく、他の三名は部活動の集合が上手くいっていないという状況よりも、アキの存在が気になって落ち着くことができていないように見えた。

「それなら、問題が発生したのは四組より以前ということになるな」

この場に集まっているのは、四組より若い数字のクラスのみ。羽流は手紙を四組の部員、つまりは栗花落さんから受け取っていて、三組を回った手紙は部員のいない二組を飛ばして一組の立川さんの手に渡っている。となると、本日体操部は急遽《きゅうきょ》活動を行うことになったという連絡網は数字の大きい六組の方から回ってきたと考えていいだろう。

俺は早速、確認に移る。

「羽流。一年五組と六組にも部員はいるのか？」

「五組にはいないけど、六組なら蓮野《はすの》って子が一人だけいるよ」

「その人は何でここに来てないのですか？　同じ手紙を読んでいるはずなのに」

「あ、それは違うよホワイトさん」声を上げたのは、栗花落さん。「あの手紙を書いたのは、私なの」

『木』と『ホ』の空目事件の発生源は、どうやら彼女だったようだ。そういうことならば、他の部員が大ホールを訪れない原因の鍵《かぎ》は彼女が握っていると考えていいはず。

「栗花落さんは、六組の蓮野さんから今日の部活の集合場所に関する連絡を口頭か何かで受け取ったってことか？」

俺は問いながら思案する。おそらくは、その段階でまた何らかの間違いが生じている——と、踏んでいたのだが。

「ううん。私に部活の連絡を伝えてくれたのは蓮野じゃないよ」

彼女は首をフルフルと振り、意外な人物を指さす。

「私は、ホワイトさんから伝言を受け取ったの」

それは一体、どういうことなのだろう。この場にいる全員の視線を集めることになったアキはというと、アニメの一休さんのように人差し指でこめかみの辺りをくるくる回しながら、ごく最近の記憶のサルベージを試みている。

程なくして、彼女は「そういえば！」と閉じていた瞼《まぶた》を開いた。

「小休憩中に六組へ顔を出して戻る時、栗花落への伝言を頼まれました。なるほど。あの子が蓮野だったのですね。ついさっきまで栗花落が体操部とは知らなかったものですから、すっかり忘れていました」

「まあ、転校初日のアキに伝言を頼む蓮野さんも大概だとは思うけどな」

「違います肇。他の四組の人に頼もうとしたところを、私が割り込んで引き受けたのです」

何でまたそんな行動をと思ったが、日本語そのものを面白いと捉えている彼女のことだ。言葉を交《か》わすというありふれたその行為自体に、楽しさを見出《みいだ》しているのかもしれない。

結果としてアキは謎の中心人物として晴れ舞台に躍り出ているのだから、見事なものだ。

「さて、蓮野さんがこの場にいない以上、連絡網は蓮野さんまでは正確に届いていると考えるのが妥当だと思う。アキが外国人だからとかそういうのは別にしても、伝言の内容を何らかの理由で間違えたというのは誰にでも起こり得ることだ」

「結局のところ、頼みの綱はアキの記憶ってことでしょ。アキは蓮野からどんなふうに伝言を頼まれたわけ？」

羽流の問いに答えようと、アキは再び難しい顔を披露する。

「ええと……『栗花落に今日の部活は放課後第二ホールへ集合と伝えて』というような感じでした」

その返答には、気になる点が含まれていた。

「アキ。蓮野さんはこの場所のことを『大ホール』ではなく『第二ホール』と言ったのか？」

正式名称で呼んだことを妙に思うのもおかしいかもしれないが、生徒間では圧倒的に『大ホール』という呼称が馴染《なじ》んでいる。現にここにいるメンツは、大ホールをさらに省略した『大ホ』という略語でもこの場所を指す言葉だときちんと把握して集合しているのだから。羽流は例外として。

俺の質問に、アキは「はい」と頷いた。大ホールという呼び方に馴染みのないアキを気《き》遣《づか》って正式名称の第二ホールを用いたとも考えられるが、彼女の役割は栗花落さんまでの伝言係。アキが大ホールの場所を正しく認識する必要は、必ずしもない気がする。

考えを巡らせていると、栗花落さんがおずおずと声を発した。

「ホワイトさんからは確かに『第二ホールへ集合』って聞いたよ。それを私が手紙にする時に『大ホ』に置き換えたの」

彼女の補足により、ようやく先ほどの謎の一連の流れが完成した。

「となると、問題は私が何を『第二ホール』と捉えたのかですね」

生徒の玄関口となっているこの大ホールには、校舎全体を各フロアごとに分けた案内図が掲示されている。それを見やり、アキは「第二ホール……第二ホール……」と呟きながら目を這《は》わせ始めた。おそらくは、探しているのだろう。『第二ホール』に近い響きの、待ち合わせ場所になりそうな場所を。

字面的にもっとも近いのは、言うまでもなく『第一ホール』。羽流の時のような見間違いであれば、漢数字の一と二を間違えて捉えてしまうことはあるかもしれない。しかし今回は文字の形ではなく、発音の近いものを探る必要がありそうだ。

「第二資料室、第二倉庫、第二自習室……第二がつく部屋って結構あるね。ホールがつく場所は、第一と第二ホールしかないけど」

アキに倣い案内図を見上げていた羽流が、自分なりの探索の結果を口にした。他の部員達も、いつしか響きの似ている場所探しに参加している。だが、誰一人としてこれに違いないという場所を挙げられた者はいなかった。

「待ち合わせ場所は校外なんて可能性はないよな？」

俺が誰にともなく問うと、代表して栗花落さんが「そんなことはないと思うけど」と答えてくれた。どちらにせよ、実際に蓮野さんから伝言を受け取ったアキがここまで粘《ねば》ってもわからないのならば、この件はお手上げと言わざるを得ない。

「時間切れだな。羽流、蓮野さんに連絡を」

「あんまりです肇！　そんな……えーっと……」

「殺生《せっしょう》、か？」

「そうです！　殺生です！」

酷《ひど》いという意味の強い言葉を教えた本人に浴びせて、アキは抵抗する。しかし、これ以上駄々を捏《こ》ねると俺はともかく女子体操部に迷惑がかかってしまう。

「どうか、もう少しだけ猶予を！」

「そう言われてもなぁ」

困り顔を周囲に向けると、体操部員達も俺と同じような表情を浮かべていた。そして『お任せします』とでも訴えるかのように、誰一人として口を開かない。羽流が部員と合流して体操部という枠組みに収まってしまった今、俺はアキの付き添いのようなポジションと思われてしまっているようだ。

「……わかったよ。今一度整理してみて、それでも答えがわからないならきっぱり諦める。それでいいか？」

妥協したプランを提示すると、アキは元気よく頷いてくれた。

「アキは蓮野さんが発した『何か』を『第二ホール』として受け取ってしまったと思われる。そして、第二ホールと発音の近い場所は、少なくとも案内図を見る限りでは校内に存在しない」

「はい……そうですね」

「こればかりは、アキの記憶しか突破口がない。だが、キミは蓮野さんからの伝言を『第二ホール』として記憶しているのだから、思い出すことを期待するのは難しい」

「わかってます。わかっているのですが……」

おもちゃを強請る子どものように、アキはこの謎に食らいつき放そうとしない。確かに不思議な事件ではあり、ここまで付き合ったからには俺も真相を知りたい。でも、執拗《しつよう》に粘ることでもないと思う。

顔を伏せてしまった彼女に困り果てた俺は、後頭部を掻きながら慎重に言葉を紡ぐ。

「さっきの『木』と『ホ』の見間違いに気づいたのは俺で、アキにも俺が説明した。それなら、最初から栗花落さん達に確認するのと変わらなかったんじゃないか？」

「全然違います」

向き合った青い瞳は、やはり何度見ても美しい。見惚れる一方で、俺も流石に彼女の我《わが》儘《まま》に対して多少の苛立ちを感じ始めていた。思わず、言葉を強める。

「何が違うんだよ？」

「問題の答えだけを教えてもらうのと、問題を同じ視点で一緒に考えてから教えてもらうのは、全然違います。カンニングと家庭教師くらい違いますよ」

その喩《たと》えは、わかりやすいのかわかりにくいのか。

「知っていますか、肇？　一説によると、心臓には記憶できる機能が備わっているらしいのです」

「ああ。移植された人が提供者の趣味や好みを引き継いだことがあるって話か？」

「はい。ただ答えを聞くだけでは、心臓はドキドキしません。面白いはずの言葉が、心に残ってくれなくなります。私は、この心臓に刻みつけたいのです」

「そんな大袈裟な」

「大袈裟なんかじゃありません」彼女は俺の目を見つめて「楽しまないのは、もったいないです」

もったいない――か。その気持ちは、わからなくもなかった。

答えを知る人がいるのだから、直接尋ねればいい。それは一つの確実な方法ではあるが、彼女はそれをもったいないと言う。未知は、知った瞬間未知ではなくなる。知るということは、心躍る未知を一つ失うということ。

ならばせめて、知るその時までは貪欲《どんよく》に追い求めたい。その時間にしか得ることのできない興奮を、俺はよく知っているつもりだ。

それでも、やはり人様に迷惑をかけていい理由にはならない。

「とにかく、今回は諦めよう。アメリカから来たばかりなんだ。追い求めたいと思えることには、またすぐに出会えるって」

そう。日本語が上手いので一見この国に順応しているように見える彼女は、その実まだ来日したばかり。俺とは異なり、日本の言葉はまだまだ不思議で溢れている。

いや——そうか。アメリカだ。俺は視線を案内図へと戻す。そして、

「……一つ、思いつく場所を見つけた」

わからないふりで押し通すこともできただろう。それなのに、俺は間違えて恥をかくかもしれないリスクを承知の上で告げた。そこまでする理由は、やはり嬉しかったからなのだと思う。

アキが求める心躍る出会いに、成り行きとはいえ俺を同伴させてくれた。そのことを、嬉しく思ってしまったのだ。

●

校舎から切り離された、直方体のキューブのような形をしている白い建物。そこまでは靴を履き替えなくてもアクセスできるよう、屋根付きの渡り廊下で繋げられている。

その建物の周囲には生徒達が溢れていて、盛況っぷりを見れば中も超満員であることは容易《たやす》く見て取れた。時計の短針がてっぺんを回った今、賑《にぎ》わいを見せる場所なんて決まっ

ている。

「食堂ですか？」

疑問交じりに呟くアキに、俺は小さく「ああ」と頷いた。

アキのみならず、皆妙に思っていることだろう。『第二ホール』と『食堂』では、一文字すら掠《かす》っていないのだから。この二つを間違える可能性は、普通に考えるとゼロに等しい。

「あ、ホントにいた！」

羽流が指し示す先には、この高校で唯一飲み物が買える各社の自動販売機が五台ほど食堂の外壁に沿って並んでいて、その脇に五人ほどの女子グループの姿が見受けられる。彼女達こそ、大ホールにいなかった残りの体操部員なのだろう。

つまり、俺の解答は的を射ていたということになる。胸を撫《な》で下ろしたところで、向こうのグループもこちらの存在に気づいたようだ。

「ちょっと一年、遅いんじゃないの？」

短めの髪の女子が、こちらに向かって吠《ほ》えてきた。俺達と行動を共にしていた体操部の一年生メンバーは揃って「すみません！」と謝罪を述べ、自販機の方へ駆け寄っていく。体育会系はいつの世も厳しそうだ。

先輩らしきおっかなそうな女子の履いている上履きを確かめると、一部が青い。つまりは二年生だ。向こうのグループは五人中四人が青であり、一人だけ赤が混ざっている。その赤を含む上履きから視線を上げると、おさげ髪の女子が『ヤバい』と言い出しそうな引き攣った笑みを浮かべていた。

おそらく、彼女が一年六組の蓮野さんなのだろう。自分が連絡して以降の子が一人も来ていないのだから、何かをやらかしてしまったのかもという自覚はあったようだ。

「すみません野々木《ののぎ》副部長！　のっぴきならない事情がありまして」

どうやら副部長だったらしい短い髪の先輩の前で、羽流が皆を代表する形で改めて謝る。その謝罪は堂々としすぎているので、謝っているというよりは反抗しているように見えてしまうから困ったものだ。彼女は肝が据わりすぎているのである。

「罰として、グラウンド二十周してきなさい」

昭和のスポ根漫画のような罰だなと思っていると、いつの間にやら俺の隣からアキの姿が消えている。気がつけば、彼女は「待ってください！」と野々木先輩と羽流との間に割り込んでいた。

突如として乱入してきたアメリカ人に、当然ながら二年生部員達は動揺を見せている。目立つ容姿なので始業式では既に話題に上っていたのだが、今日は転校初日だ。彼女のことを知らない人は、まだまだ大勢いる。

「なっ、アンタ誰っ⁉」

「初めまして。アキ・ホワイトといいます。羽流達が集合に遅れた責任は、私が伝言を間違えてしまったからなんです。ですから、罰なら私が受けます！」

潔すぎるアキを見て流石に黙っていられなくなったのか、彼女に伝言を頼んだ張本人である蓮野さんも声を上げる。

「あの、副部長！　四組の栗花落への伝言をホワイトさんに頼んだのは私です。私の伝え方が下手くそだったのが悪いんです！」

「いえ、悪いのは私です！　ですから私がグラウンド二十周走ってきます！」

何やら、場が騒がしくなってきてしまった。先輩方に至っては、完全に蚊帳《かや》の外。交ざり合い拡大した女子グループに単身乗り込むのはかなりの勇気が必要だが、いつまでも傍観してはいられないと腹を括《くく》る。

「あ、あの……」

上擦った声を発すると、野々木先輩が俺を鋭い目つきで睨みつける。

「何か用？　今取り込み中なんだけど」

「ええとですね、アキと蓮野さんの間で起きた伝達ミスの説明をさせてもらいたくて」

「え、何？　よくわかんないわ」

ああ、苦手なタイプだ。羽流に助けてくれと視線で訴えてみたが、全く伝わらない。代わりに協力してくれたのは、アキだった。

「肇は凄いんです！　その場にいなかったのに、私が間違えた集合場所はここだと言い当てたんですから！」

彼女が胸を張ると、野々木先輩は「へぇ」とようやく俺に関心を示してくれた。「とりあえず、話してみれば？」という投げやりな許可もいただけたので、俺は蓮野さんと向き合う。

「蓮野さん。アキに頼んだ時の内容をここで再現してみてくれないか」

「え？　ああ……うん。えっと、『栗花落って子に、今日の部活は食堂に集合だって伝えて』って感じだけど」

「そうじゃない」俺は隠し事を見透かし、要求する。「あの時と同じ言葉の選択と発音で頼む」

蓮野さんは頬をほんのり赤く染めると「恥ずかしい」と拒絶した。羽流から「セクハラ大魔神」と野次が飛んでくる。俺だって不必要に彼女を辱めているわけではないのだ。少し黙っていてほしい。

「頼むよ。それで今回のことはアキも蓮野さんも悪くないって説明ができるんだ」

「……よくわかんないけど、そこまで言うなら」

覚悟を決めてくれた彼女は、皆が注目する中で短く息を吸い込んだ。そして、

「栗花落って子に、今日の部活は Dining hall に集合だって伝えて」

日本語に混じったのは、読み通り発音のいい英語だった。

　ダイニングホールとは、無論この食堂のことだ。ダイニングルームではないかとも一瞬思ったが、天井が高い造りとなっているこの食堂は、確かにルームと言うよりもホールと言った方がしっくりくる。

「蓮野さんは、アキに伝わりやすいようにと食堂の箇所を英語で伝えた。しかし、ダイニングホールをネイティブっぽく発音すると『ング』の部分はほぼ聞こえなくなる。加えてアキが蓮野さんの気遣いに気づけずその言葉を日本語として認識した結果、ングの発音が消えた『ダイニホール』は『第二ホール』として認識されてしまったわけだ」

　以上が、伝言の変化の真相である。

　蓮野さんの再現でそのことに気づいた一年四組までの体操部員達は、なるほどそうかとスッキリした様子でわいわい騒ぎ出す。日本人は発音よく英語を話すことを恥ずかしがるきらいがあるが、蓮野さんもその例には漏れないようで、未《いま》だに一人だけモジモジしていた。

「ごめんなさい。私がわかりやすいようにしてくれたのに気づけなくて」

「ううん。部分的にしか英語を使えなかった私が悪いんだよ。逆にわかりづらかったよね。あれは完全に私の言い間違いだった」

　別にどちらが悪いというわけではないと思うのだが、蓮野さん自身がそういうのなら、今回のことは彼女の言い間違いということにしておこう。お互いを気遣っているアキと蓮野さんの様子を見て、蚊帳の外だった野々木先輩が首筋を撫でながら口を開く。

「よくわかんないけど、伝達ミスってことなら仕方ないね」

昭和の遺物のような罰を下す石頭かと思いきや、意外とものわかりのいい人のようだ。お咎《とが》めなしという判定に、一年生達は安堵《あんど》の表情を浮かべている。

見間違いに続いて発生した言い間違いの謎は、これにて無事閉幕。今度こそ俺はお役御免だろう。

「肇」

こっそり身を引こうとしたところを、アキに呼び止められてしまう。彼女は小走りで俺に近づくと、目を合わせて「ありがとうございます」と礼を述べた。

「私は、危うく蓮野の思いやりを無下にするところでした。肇が解いてくれて、本当によかったです」

「そう……なのかな?」

蓮野さんに直接問《と》い質《ただ》していたとしても、結末は変わらなかった気もする。それでもアキは、俺が解いてくれてよかったと言ってくれた。

彼女は手帳を開き『第二ホール』と『Dining hall』を並べて綴る。この言葉はアキにとって少しだけ特別な意味を持つ、他者からの思いやりが込められた美しい言葉になったということになるのだろう。

じっくり、一つ一つ、丁寧に収集していく。彼女のそのスタイルは——俺とは大きく異なっている。

「羽流の言った通り、肇は日本語に詳しいですね。もっともっと、私に面白い言葉を教えてほしいです」

甘えるでもなく、縋《すが》るでもなく、アキは真正面からそう願った。実際、教えるのは簡単だ。無駄に積み重ねた知識をペラペラと述べるだけでいいのだから。

だが、彼女の望む『面白い言葉』とは、きっと上辺だけのものではない。そうなると、与えられる自信はなかった。

書道を捨てた俺が——言葉から逃げた俺が隣に立っても、綺麗なそれらが霞《かす》んでしまうだけという気がしてならない。

返答に苦労していたところで、助け船が出される。

「んー……おかしいな。部長がまだ来てない」

しかしながら、羽流が発したその言葉はどうにも嫌な予感を纏っていた。

「どうしました？」と問うアキの瞳は、爛々《らんらん》と輝いている。羽流は周囲に目を配りながら答えた。

「いや、部長の総武《そうぶ》先輩がまだ来てないの。普段は誰よりも早く来るのに、珍しいなって思っただけ」

時期的に三年生が引退済みであることと、羽流が『先輩』と呼んでいることを踏まえると、部長の総武先輩は野々木先輩達と同じ二年生なのだろう。

「その総武先輩って人が、待ち合わせ場所を知らないとかではないのか？」

俺の繰り出した疑問は、野々木先輩に「それはない」とキッパリ否定される。

「何故《なぜ》そう言い切れるんです？」

「だって、今日の集合場所の発信源は総武が顧問の天城先生から受け取った連絡メールだから」

なるほど……困ったことに、この謎はまだ続くらしい。喜びを抑えきれない様子のアキが、俺の着ているカッターシャツを破れんばかりに引っ張った。

●

「いくつか質問をさせてください」

総武先輩と連絡を取ろうとする野々木先輩を全力で止めるアキの姿を見かねた頃合いで、俺はやむなくそう切り出した。遠くから、出遅れた蟬《せみ》が歌う求愛の声が聞こえてくる。

蓮野さんおよび二年生部員の人達から言わせれば、急に出てきて仕切り出したお前はそもそも誰なんだと言いたいところだろう。こちらにも事情があるので、どうか目をつぶっていただきたい。

「まず、この場に来ていない部員はあとどれくらいいますか?」

「総武先輩だけ。だから、全員で十一人だね」

答えてくれたのは羽流。最初の謎を持ち込んで以降ずっと行動を共にしている彼女は、連鎖する謎解きに飽き始めたのか、渡り廊下の隅で飴玉《あめだま》に群がっている蟻《あり》を眺めていた。

来ていない部員がまだ複数人いるのなら、伝言ゲームの要領で伝わってきた内容がここにいるメンバー以降から何らかの理由で『本当の集合場所』から『食堂』に置き換わってしまったという筋書きを想像していたのだが、どうやらハズレのようだ。たった一人では、伝言が移り変わる過程が存在し得ないのだから。

「では次に、総武先輩が受け取ったというメールの内容を最初に聞いたのは誰ですか?」

「それは私」

挙手したのは、野々木先輩。

「同じ二年六組で、席も隣なの。受信したメールを確認しながら私に先生からの連絡を伝えてくれたから、私はその情報を隣の五組と真下の階の一年六組にいる蓮野に伝えて、あとはそのまま数の小さい側のクラスへ向けて伝達してくれと頼んだわけ」

なるほど。情報の流れ方の全貌《ぜんぼう》が、ようやくきちんと理解できた。

「野々木先輩は、総武先輩から間違いなく『集合場所は食堂』と聞いたということでいいんですね？」

俺が念を押すように問うと、先輩はやや困ったように眉根《まゆね》を寄せる。

「うーん……厳密に言えば、集合場所は食堂ではないんだよね」

「どういうことですか？」

「正確には『食堂』じゃなくて『自販機の前』。でも、この高校に自販機は食堂の外にしかない。だから私は、よりわかりやすいように『食堂に集合』という内容で伝言を流したの」

解決への糸口は、おそらくここだ。野々木先輩も話しているうちに自分が何かやらかしてしまっているのではと感じたのか、表情にぎこちない笑みが滲《にじ》んできている。場合によっては、彼女が罰としてグラウンドを二十周する羽目になるかもしれない。

「校内には、本当にこの場所以外に自販機はないのですか？」

転校初日では知り得ない情報を、アキは周囲に求める。二年生部員の一人から「去年までは裏口に一台あったけど、そこでサボる生徒が多いから撤去されたよ」という情報を得ることができたが、それ以外に声は上がらなかった。

飲み物以外の自販機という可能性についても考えてみた。実際にあるものといえば食券の自販機だが、これもどのみち設置場所は食堂なので意味がない。

もし校外の自販機を指しているのなら、総武先輩はもっと具体的な伝え方をしたはずだ。街中の自販機の数なんて果てしないのだから。

自販機の前に集合という連絡を受けて、唯一それがあるのは食堂のみ。メールの文面を見ながら野々木先輩に伝えたということなので、総武先輩が読み間違えたとも考えにくい。

俺はヒントを模索するように腕を組み、少し遠くにあるこの学校唯一の自販機の列に目を向ける。まだまだ暑いこともあり、飲み物を求める生徒で大盛況のようだ。

そこでふと、疑問に思う。

「集合場所が『自販機の前』というのは、少し変ではないですか？　自販機の前で屯《たむろ》しては、利用者の邪魔になってしまうでしょう」

「いや、それは本当に自販機の真ん前ってことじゃなくて、自販機の近くに集合って意味なんじゃない？」

すかさず野々木先輩が反論する。だが、疑問点はまだあった。

「では、時間的に人で込み合うことが予想できる自販機付近が何故集合場所に選ばれたのでしょう？　これまでの部活動で、集合場所がそこだったことはありましたか？」

部員全員に問いかけると、彼女達はシンと静まり返る。つまり、自販機の前という場所が集合場所となったのは今日が初めてということだ。

「肇」アキが意見を述べる。「野々木先輩は、総武先輩から教えてもらった内容を聞き間違えたんじゃないですか？」

まあ、その可能性がもっとも現実的だろう。野々木先輩はメールの本文を見たわけではないようなので、口頭で情報が伝えられた場合、聞き間違いが発生するリスクは必ず生じてくる。

だが、

「言っとくけど、私は聞き間違えてなんかないから」

野々木先輩は、その可能性を強く否定した。その目には、敵意すら感じられる。

「総武はメールの文面をそのままなぞるようにゆっくり読み上げてくれた。聞き間違えるはずがない」

副部長という立場上、後輩の前で恥をかくわけにはいかない。そんな内心もあるのかもしれないが、それは別としても、彼女は自身の耳に絶対の自信を持っている様子。それに、俺も『自販機』と聞き間違えるような待ち合わせ場所の名称に心当たりなどない。決めつけることはできないだろう。

他に、ヒントになりそうなものは……。

「野々木先輩。読み上げられたメールの文章って、正確に覚えていますか？」

「いや、流石に一字一句とまでは」

「大まかでもいいので、教えてください」

上下関係に厳しい人のようなので、一年坊主の俺に指図されるのはあまり気持ちのいいものではないだろう。それでも野々木先輩は記憶を遡《さかのぼ》り、ぶっきらぼうな口調ではあるが総武先輩から聞いた内容を教えてくれた。

「体操部は放課後、自販機の前まで……って感じだった」

思いの外簡潔だった内容を、俺は頭の中で繰り返す。アキに耳元で「わかりそうですか？」と尋ねられ、俺は難しい顔をした。はっきり言って、さっぱりわからない。ここまで付き合っておいて何だが、何故俺が解くことが前提のようになっているのだろうか。訊けそうなことは尋ね終えたかと思う。これ以上の時間稼ぎは厳しい。案の定、野々木先輩はポケットに手を入れてスマホを取り出していた。

「気は済んだ？　総武と連絡取るからね」

「ああ、待ってください！」

アキの制止も空《むな》しく、野々木先輩は電話をかけた。ワンコールと待たずして、電話は繋がる。野々木先輩は俺達に配慮して、スピーカーから声が聞こえるようにしてくれた。

「もしもし総武？　今日の部活の連絡メールの内容、もう一度教えてもらいたいんだけど」

『いいよー。えっとね……放課後に自販機の前まで』

「わかった。ありがと」

通話を切った野々木先輩は「ね？　間違ってなかったでしょ？」と胸を張る。確かに、彼女の言い分は正しかったようだ。

となると、総武先輩は個人的な理由で遅れているだけなのか。しかし用事があるのなら、あそこまで早く電話は取れないような気がする。あの速さはそれこそ、暇つぶしでスマホを弄《いじ》っている最中に電話がかかってきた時のように感じた。

「ていうか、部長が何でここに来ていないのか訊けばよかったんじゃないですか？」

羽流に指摘されて、野々木先輩は「あ、ホントだ」と再びスマホを取り出す。元々そちらを訊くのが目的で電話をしたのに、俺が質問を繰り返したせいで本来の目的を忘れてしまっていたのだろう。

「残念だったねアキ。今回は言葉が絡んだ謎じゃなさそうだよ」

励《はげ》ますように肩を叩く羽流に、アキは納得しきれないながらも頷いて見せていた。

「二人共全く同じ文章を共有していたのですから、これでは間違いなんて起こりようがありませんよね」

アキの言う通りだ。一字一句違わない文字を共有した両者が、集合場所を別々に認識する。そんなことはあり得ない——いや、違う。

条件さえ嵌《は》まれば、それは起こり得る。

「野々木先輩」

俺が名を呼ぶと、彼女は再び電話しようとしていた手を止めて「何？」と怪訝《けげん》な目を向けてくる。そんなに嫌な顔をしなくてもいいだろうに。

「先輩はメールの内容を口頭で読み上げてもらっただけで、文面を直接見たわけではないんですよね？」

「そうだけど、だったら何？　集合場所はどのみち間違えようがないでしょ」

「いえ」俺は否定する。「今回の場合は、間違いが起こり得るんです」

それを説明するには、書くものが必要だ。しかし、今日は始業式なので俺の鞄には筆記用具はあってもノートの類は入っていない。目に入ったのは、メモすることが多くなりそうと踏んだのか剝《む》き出しにして持ち歩いているアキの手帳だった。

「すまんアキ。手帳を一ページ使ってもいいか？」

「何かわかったんですね、肇！」

彼女は嬉々《きき》とした様子で、真っ新なページを開き差し出してきた。受け取った俺は「多分、面白いと思うぞ」と期待を煽《あお》るようなことを言う。その言葉につられて、彼女の口角が上がるのが見えた。

「まずは、先ほど総武先輩に確認したメールの文面を全て平仮名に変換します」

手帳にペンを走らせると、体操部員達は俺を囲うようにして覗き込んできた。

《ほうかごにじはんきのまえまで》

「間違ってないけど……これに何か意味があるわけ？」

「ありますよ、野々木先輩。これは『ぎなた読み』できるんです」

日常ではまず使われないワードの登場に、部員達は皆一様に首を捻った。アキが「それは何ですか？」と食い気味に尋ねてくる。

「ぎなた読みとは『弁慶が薙刀《なぎなた》を持って』という一文が由来となっている。普通に読めば何の問題もない文章だが、ある者が区切る位置を間違えて読んだことにより『弁慶がな、ぎなたを持って』と変わってしまった。その結果『ぎなたって何？』となったので、区切りの配置で意味が変わる文章を『ぎなた読み』と呼ぶようになったと言われている」

俺の披露した知識に、女子達は関心を示してくれた。

つまりはダブル・ミーニング。思い返せば小学生の頃、友人に「ぱんつくったことある？」と尋ねて回る遊びが流行《はや》ったことがあった。『パン作ったことある』と認識させて頷かせた後で『パンツ食ったことある』と解釈して相手を貶《おとし》めるというやり口だった。あれも立派なぎなた読みだ。

「つまり、野々木先輩は総武先輩からの連絡を区切ってはいけない位置で区切り認識してしまったということですか？」

アキの見解に頷くと、俺は再び手帳にペンを走らせる。
《ほうかごに、じはんきのまえまで》
《ほうかごにじはん、きのまえまで》
「もっとわかりやすくしよう」と、続けざまに文字を綴った。
《放課後に、自販機の前まで》
《放課後二時半、木の前まで》
理解した順に、体操部員達から感嘆の声が漏れ始めた。あまり区切りを意識せずにつらつらと読み上げられたのなら、十分に起こり得る勘違い。総武先輩と野々木先輩、どちらにも非はない捉え方のミス。
集合が二時半ならばまだ時間はかなりあるので、総武先輩が先ほどの電話にすぐ出たのも、スマホを弄りながらのんびりしていたからと考えることができる。
「……面白いです」
喝采《かっさい》の音に紛《まぎ》れるように、アキが小さく呟いた。俺でもこの解答は面白いと思ったのだから喜んでくれるだろうという確信はあったのだが、面白すぎて逆に静かになるというのは予想外の反応だった。
「ねぇ、肇」
脇腹を小突いてきたのは、羽流。

「じゃあ本当の集合場所は、二時半に木の前ってことだよね？　この学校でまともな木ってグラウンドの隅の百日紅くらいしかないから、私が最初に間違えた集合場所が実は正解だったってこと？」

「……まあ、そうなるな」

本当に、妙な偶然もあったものだ。羽流は「私、凄くない？」と自画自賛していたが、単なる偶然が重なっただけなので、別に彼女が凄いわけではないと思う。

部活開始時刻はまだ先である上に、集合場所も異なると判明すれば、体操部員がこの場所に留まる理由はない。ということで、謎解きが終わると野々木先輩の一時解散の合図で部員達はバラバラに散っていった。羽流も部活仲間と共に何処かへ行ってしまったため、俺とアキの二人だけがその場に残される。

「肇、どうしましょう？」

どうしましょうと言われましても。

二人きりとなるなり帰ると言い出すのも薄情な気がする。俺はジリジリと照りつける太陽を恨むように見上げて、その場しのぎの提案をした。

「とりあえず、涼めるところを探そう」

「まるで、日光東照宮《にっこうとうしょうぐう》の猿みたいだったな」

図書室という冷房の効いたオアシスを見つけた俺達は、そこで涼を取らせてもらうことにした。始業式の日ということもあってか、利用者は夏休み中に借りていた本を返しに来る生徒くらいのようである。

汗が引き体力に余裕の出てきた俺がそんなことを口走ると、アキは難しい表情を返してきた。

「ええと、日光東照宮っていうのは栃木県にある観光名所で」

「それは知ってます」

知ってるのか。まあ、海外でも結構有名みたいなので、知っていても全然おかしくはない。

「何でいきなりそんな話が出てくるのです?」

「三猿だよ。神厩舎《しんきゅうしゃ》っていう馬小屋の屋根の下に彫られた猿の彫刻は知っているか?」

「はい。『見ざる言わざる聞かざる』ですよね?」

「ああ。体操部の部活連絡を起点に発生した間違いの連鎖は、何の因果《いんが》かこの三猿に似ている。類似文字による『見間違い』、英語と日本語が混濁した『言い間違い』。そして、ぎなた読みによる『聞き間違い』」

　俺が順に連ねると、アキは手をポンと叩き「面白いですね！」と喜んでくれた。そしてすぐさま、手帳にメモを取っている。本当に勉強熱心だ。

　もっとも、二番目の事件はアキの聞き間違いとも捉えられるし、三番目の事件は総武先輩の言い間違いとも捉えられるのだが、多少色眼鏡を通していることは大目に見てほしい。

「知ってるかアキ。あの三猿は、元々四匹いたという説があるんだ」

「へー、詳しくお願いします！」

「三猿の思想は中国から伝わったものらしいんだが」

　俺が語り出した直後、「あっ」と探し物を見つけた時のような声が聞こえた。発したのは、長い黒髪が綺麗な女子。はっきり言って、美人だ。俺の知り合いなら嬉しいところだが、生憎そうではない。上履きに目を移すと、二年生の目印である青色が含まれている。

「アキちゃん発見しました！」

　図書室ではお静かにという暗黙のルールを打《う》ち砕《くだ》くような大声を発した彼女は、あっという間に距離を詰めるとアキの頭をわしゃわしゃと撫で始める。

「わー、本物のブロンド髪！　超綺麗！　肌白すぎです！　反則！」

「えっ、何⁉　助けてください、肇！」

アキの様子を見る限り、知り合いというわけではなさそうだ。今日転校してきた彼女に、先輩の知り合いがいるはずもないか。

そこを差し引いても、一人だけ心当たりはある。

「もしかして、総武先輩ですか？」

多分、野々木先輩あたりはあの後すぐに総武先輩と合流したと思われる。そうなれば、間違いなく二人の間で起こった面白い間違いの話になるだろう。そして同時に、この学校に異国の少女が転校してきているという話にもなる。

俺の推測は的を射ていたらしく、彼女はアキを解放するとこちらを向いて姿勢を正した。

「初めまして。うちの部員がお世話になったと聞いたものですから。アナタが肇さんですね？　ありがとうございました」

口調はお淑《しと》やかで、俺のような後輩相手にも敬語を用いている。咄嗟《とっさ》に立ち上がり「ご丁寧にどうも」と頭を下げると、彼女も「こちらこそです」と会釈する。部長と聞いて、納得できてしまう人だと思えた。

アキは忍び足で総武先輩の元から離れると、俺の背中へ回り込み身を隠す。「あの人、苦手です」と小さく零すのを聞き、人見知りしなそうな彼女にも苦手な相手はいるのかと思わず笑ってしまった。

「あー……嫌われちゃいました？」と、残念そうな総武先輩。その顔は若干にやつき、髪を撫でていた手は名残惜《なごりお》しそうにまだワキワキと動いている。

「あまり苛《いじ》めないであげてくださいよ。アメリカに日本の悪い噂を持ち帰られてしまいます」

「可愛かったので、つい。ごめんなさい」

今度は本当に困ったような顔を作り、先輩はアキに謝罪した。警戒レベルを弱めた彼女は、俺の後ろから顔を覗かせて「では、お詫《わ》びに先輩が顧問の先生から受け取った部活連絡のメールを見せてください」と要求する。

連鎖する謎の出所であるメールの実物を見たいという、単純な好奇心なのだろう。俺も少し興味がある。先輩は「本当に日本語お上手ですね」とふわふわした笑顔を浮かべながら、スマホを操作して目的のものを見せてくれた。

《I体操部。放課後二時半木の前まで》

送り主が『天城先生』となっているその短い内容は、野々木先輩が電話で確認した内容そのままだった。

しかしながら、尋ねずにはいられない奇妙な部分がある。

「総武先輩。出だしにあるこの『I』とは何の意味ですか？」

案の定、アキがその箇所について問う。先輩は深く考えることもなく「わかりません」と答えた。

「この『I』は何かの省略とか、そういうことではないんですか?」

続けざまに俺が訊くと、彼女は首を横に振る。

「今まで、先生が体操部をそんな名称で呼んだことはありません。単なる打ち間違いではないでしょうか。連絡網自体に支障はないので、特別気にはしていませんでした」

打ち間違いか。一番現実味のある可能性だが、キーボードの配列を思い出してみると、体操部の『た』を打ち込む際に『I』のキーはうっかり指に触れやすい位置にあるとはいえない。メールを打った端末がスマホならば、おそらくフリック入力になるので尚更だ。音声入力でメールを打ったと考えるなら、周囲の雑音か何かが音声と判定されて『I』と変換されてしまった可能性は、ゼロではないかもしれない。

だが、おそらくこの推測は外れだ。実のところ、俺はもうこの『I』が意味するものに気づいている。

「ローマ数字の『1』かもしれませんよ?」と、アキ。確かにアレは、英語の『I』とほぼ形が同じだ。

「うーん……仮にそうだとしても、体操部が番号で割り振られることもありませんから」

二人が話し合うのを聞きながら、俺は一人頭を抱える。

見間違いから始まり、言い間違い、聞き間違いと続いた三猿の謎の延長戦。アキはこれまで通り解決を望むだろうが、今回は大っぴらに解き明かしていい謎ではない。なので、取れる手段は決まっていた。

「総武先輩、ちょっといいですか」

先輩と二人でアキから距離を取り、俺はIの意味を彼女に耳打ちする。途端に、総武先輩は血の気が引いたような青い顔を披露した。

「あ、あの、肇さん。このことはどうか」

「他言しませんよ。面倒事はごめんですから」

「あ、ありがとうございます。じゃあ、わ、私、用事があるので失礼しますっ！」

目に見えて動揺しながら図書室を出ていく総武先輩は、途中何度か他の生徒にぶつかりそうになりながらも廊下の奥へと消えていった。

●

「やっぱり、内緒なんて酷いです！」

ふて腐れたような顔で口を噤《つぐ》んでしまったアキが唇の封を解いたのは、図書室を出て大ホールまで戻ってきた頃だった。一度は我慢してくれという俺の要望を聞き入れてくれたのだが、知りたがりの性《さが》を抑えきれない様子。

正直こうなる予感はしていたので、俺は念を押すように「口は堅い方か？」と問う。すると彼女は、自身の桜色の唇をぷにぷにと指で押して「どちらかというと、柔らかいと思います」と感想を述べた。

「わかりにくい言い方をしたようですまない。今のはそういう意味の日本語じゃなくて、秘密にしてくれと言われた話を他言しないと誓えるのかって意味だ」

「誓う！　誓います！」

何だか軽い返事だが、今更話そうとしたことを引っ込めるわけにもいかない。

「ぎなた読み手順を使い回しただけだよ。今回もある意味ではぎなた読みと取れるが、媒体がメールである以上、多分『誤変換』と呼ぶのが正しいんだと思う」

「誤変換？」

「実際にやってみよう」

俺は自分のスマホを取り出して、メモのアプリを起動する。

まずは『あい』と打ち込み『I』と変換。続けて『たいそうぶ』と打ち込み『体操部』に変換する。

「要は、何処までを一つの言葉と捉えるかだ。変換する範囲を変えれば、違う答えが見えてくる」

再度『あいたいそうぶ』と打ち込み、異なる形に変換すると――。

「会いたい総武。つまりあのメールは、部活の連絡網じゃない。天城先生が総武先輩に送った逢瀬《おうせ》の手紙だ」

「オウセ？」

「ラブレターみたいなもんだよ」

意味を理解すると、アキは「えぇぇ」と顔を赤くした。

思い返してみれば、羽流は今朝の段階で「今日は部活がない」と言っていた。天城先生からのメールを受け取った総武先輩が、出だしの『体操部』という文字を見て緊急の部活連絡だと勘違いしてしまったのだろう。

また、これが先生からの告白の呼び出しならば『会いたい』という言い方には疑問が残る。『大切な話がある』くらいが無難だろう。続く『放課後二時半木の前まで』という文章もぶっきらぼうだ。つまるところ、こなれている。二人は現在カップル関係が成立しているとみていいと思う。

部内でのイケメン顧問争奪戦は、既に軍配が上がっていたようだ。もしこの事実がバレようものなら、女子体操部はどうなってしまうのだろうか。考えただけで、恐ろしい。

「……そういえば、日光東照宮の三猿が元々四猿だったって話が途中だったな」

「え？　あ、そうでしたね」

「見ざる、言わざる、聞かざるに次ぐ四匹目の猿は『せざる』らしい。やらない、しないというような意味で、まあ、いわゆる性欲的な物事に対する戒《いまし》めのようなものだったとか」

「今回のIに関する謎は、その四匹目に当て嵌まりそうですね」

確かに、間違ってはいないな。流れに沿うならば、誤変換による『書き間違い』といったところか。

ともあれ、今度こそ一連の謎は終結した。

「楽しかったですね、肇！」アキはとびきりの笑顔で「やっぱり、日本語は面白いです！」

悔しいが、そこそこ楽しめていたことを否定できない自分がいる。俺は片意地張るのをやめて、素直な感想を伝えることにする。

「まあ、そうだな。面白かったよ。日本語を面白いと思えたのは、本当に久しぶりだった」

「それは、書道をやめたことと何か関係があるのですか？」

見透かすような青い瞳が、俺を捉える。「敵《かな》わないな」と軽く笑った俺は「上手く伝わらなかったらゴメン」と前置きした後に言葉を続ける。

「知ることって、面白いと思うんだ。雑学でも勉強でも体験でも、新たな発見を自分の中に吸収できると、俺はそれを面白く感じる。だからといって、特別勉強やスポーツができるわけでもないんだが」

「わかります。知ることは楽しい！　だから、私はたくさんの日本語を知りたいのです」

「ああ。でも、同時に感じるんだよ」一呼吸挟み「知ることは、つまらないって」

「つまらない？」

「たとえばそうだな……物凄《ものすご》く面白い映画を観《み》た後、できることなら記憶を消してもう一度観たいって思うことがあるだろ？　あれと同じで、自分にとって未知だったことを一つ知ると、それはもう知っている事項に分類されて、初めて触れた時の感動は二度と訪れない。人生で得られる感動が一つ確実に減り、過去へと流されてしまう」

「ですが、そんなことを言っていたらそれこそ人生は味気ないままでしょう」

「そうだな……俺もアキと同じで、未知の言葉を貪欲に探っていた時期があった。そうすると感銘を受ける言葉というのはわんさか発掘できて、見つける度に俺はその感動を筆に宿して書にしたためた。そうして書いた作品は、自分でも驚くほどの成果をもたらしてくれたよ」

だけど、と言葉を連ねる。

「中学校に入った頃から、感動する言葉に出会えなくなった。書にしたいと思える言葉を探し出せなくなった。俺は多分、先取りしすぎたんだよ。欲張って、未来で得るべき感動を短い期間で掘り尽くしてしまった。だから俺にはもう、人を感動させられる言葉は書けない」

だから、筆を置いた。言葉に感銘を受けない書道家に、筆を振るう資格はない。

「アキが羨ましいよ。頭を真っ新にして、もう一度知る喜びを感じたい」

自嘲《じちょう》気味に告げた途端に、

「――二度とそんなこと言わないでッ！」

飛びかからんばかりの剣幕で、怒鳴られた。怒りを剝き出しにしている彼女を前に、俺は自分が言ってはいけないことを口にしたのだと察する。今の発言は、まだ知らない言葉がたくさんあるアキを馬鹿にしたように聞こえてしまったのかもしれない。

「……ごめん」

「いいえ……私の方こそごめんなさい」

彼女は失態を恥じるように、視線を周囲に泳がせた。

「肇は今日、間違いなく日本語を楽しめていましたよ。だから、また書きたい文字が見つかる日が必ず来ると思います」

「そうだな……また探してみるのも、悪くないかもしれない」

強がりのような台詞《せりふ》が悟られてしまったのかはわからないが、アキは再び「ごめんなさい」と頭を下げた。俺のせいで重たくなった空気をそのままにしておくのも申し訳ないので、誤魔化しも兼ねて口を開く。

「アキも、いつか贈ってもらえるといいな」

「何をですか？」

「夏目漱石の『月が綺麗ですね』に負けないような告白をだよ」

それこそが、彼女にとっての夢らしい。アキは破顔して、嬉しそうに「はい！」と頷いてくれた。蟠《わだかま》りが解消したからか、俺の中にも余裕が生まれる。

「でも、アキと付き合いたい男は夏目漱石を超えなきゃならないんだよな。大変だ」

少し意地悪なことを言うと、アキは「私の夢なんですから、ほっといてください！」と踵を返して歩き出してしまう。未だ見慣れないブロンドの髪が下駄箱の奥に消えるのを見送った後、俺はポツリと呟いた。

「……頑張らないとな」

直後に「帰らないのですか？」とアキから声がかかり、俺は彼女の後を追う。

アキの言う通り、知り尽くしたつもりになっていた日本の言葉の面白い部分はまだまだありそうだ。見慣れたつもりでいた景色でも、アキというアクセントが加われば見方が変わってくるのかもしれない。

今夜も俺は、白い浜辺に押し寄せる黒い波打ち際の夢を見る。

いつもと同じようにここで何もできない時間を過ごすのだと思っていたのだが、この世界には一つだけ、目覚ましい変化が起きていた。

龍脳の香りを放つ黒い海が生み出す水平線の向こうに、小さな白い灯台が立っているのだ。そこから放たれる金色の光は——彼女の髪の色によく似て、とても美しかった。

俺はゆっくりと立ち上がる。だが、行く手は墨の海に阻《はば》まれていた。文字になれなかった言葉の源が、怒るように波打っている。

俺はそこへ、筆を浸《つ》けた。毛先が墨を吸い、微々たる量だが確実に海が減る。その筆で、俺は半紙のような白い浜辺に文字を書いた。

こうすればいつか海は消え、あの灯台に渡れる日が来るかもしれない。

その頃には、彼女に贈る愛の言葉も見つかるかもしれない。

不純な動機だろうか。でも、別に構わない。挫折《ざせつ》した道に戻る理由としては、このくらいがちょうどいい。

二話　彁

文字とは、誰かに何かを伝えるために存在する。

その始まりは大半が絵であり、エジプトのヒエログリフなどが特に有名だ。次いで、絵を簡略化させて誰もが書きやすい形へと発展していく。漢字の成り立ちなどで、一度は触れたことがあるだろう。

そして現代。各国で用いられる言葉の大半は『表音文字』と呼ばれる発音を示す記号の組み合わせで意味を伝えるものへと切り替わっている。平仮名やカタカナ、アルファベットなどがそうだ。絵文字同様に文字単体である程度の意味を成す『表意文字』でメジャーなものは、漢字くらいである。

そんな文字は、いつの時代も当然必要だからこそ生まれている。使い道がないのなら、文字という形状は与えられるはずがない。

それなのに、世の中には意味も用途も読み方も不明という文字が存在するのだから不思議なものだ。

●

アキが転校してきてから、早いもので二週間が経過した。

季節はようやく秋らしくなり始め、まだ冬服を引っ張り出すまでとはいかないが、幾分涼やかで気持ちいい風を感じられる日が多くなってきたように思える。少なくとも、ただ歩くだけで汗ばむようなことはなくなった。

「というわけで、うちのクラスは映画上映に決まりました」

窓の外に見えるグラウンドの隅の百日紅も少し色づいてきたなという感想を抱いたところで、教壇の上に立つクラス委員長の男子が宣言した。放課後を消費して一体何が決まったのかといえば、来るべき学園祭で行うクラスの出し物である。

映画上映は、教室の天井に据えつけてあるプロジェクターを使えば大画面での上映が可能。椅子《いす》を並べて、窓からの日光の侵入を防ぎ、あとは軽い飲食物でも売ればいい。はっきり言えば手抜きの出し物だが、学園祭をめんどくさいと感じる輩が時間を潰《つぶ》すには持って来いの場所があるのも悪くはないだろう。別に、経験者だから語っているわけではない。

「では、クラスの出し物は部活での出し物に参加する必要がない帰宅部を中心に進めます。該当する人は引き続き役割を決めるので残ってください」

委員長が呼びかけると、部活に所属する者達はそそくさと立ち上がり教室から出ていく。俺も鞄を手に席を立ったところで、委員長に「墨森君は帰宅部じゃなかったっけ？」と呼び止められた。

「ああ、ごめん」俺は詫びつつ「先週、入部したんだ」

教室を出ると段ボールの束《たば》を抱えている男子数人とすれ違い、大ホールには大きな紙を広げて絵の具だらけになりながら作品を描いている美術部と思《おぼ》しき人達がいた。部室棟へと続く渡り廊下を進む際には、四階の窓から試しに下ろされた垂れ幕が風に持ち去られそうになっていて、向かいから歩いてきた生徒は『取扱い注意』と書かれたステッカーの貼《は》ってある小瓶《こびん》を抱えながら「生徒会の連中は頭が固すぎる。派手な方が盛り上がるのに！」と文句を言っている。

校内は、十月初めに行われる学園祭ムードに紅葉の如くじわじわと染まりつつあった。そのすぐ後にはストレスの溜《た》まる中間テストが控《ひか》えているため、皆その前に思い切りストレスを発散させるつもりなのだろう。

階段を上り、二階のフロアに到着したところで作業着姿のおじさんと鉢合わせになる。彼は「おっと、ごめんよ」と詫びると、俺の横を通り抜けて階段を下りていった。窓から外を覗くと、部室棟に会社名の入った軽トラックが横付けされている。

雨漏りでも見つかったのだろうかと考えながら歩を進め、東から三番目のドアの前に到着した。プレートには『書道部』と記されている。

あれだけ拒絶していた書道部に、俺は先週入部した。日本語を知るにはうってつけの部なので入りたがったアキに誘われたというのも理由の一つではあるが、書道から逃げていても仕方がないと腹を括ったのも事実である。及川先輩は、こんな俺の入部届を喜んで受理してくれたわけなのだが……。

「失礼します」

一応ノックをしてから開けたドアの向こうに広がるのは、八畳ほどの広さの部室。教室で使うものと同じ机を中央で四つ合わせて、大きな一つのテーブルとして使用している。そこに座って書類と向き合っていた及川先輩は、俺を一瞥《いちべつ》すると「何だ、墨森君か」と呟いて視線を手元に戻した。

彼女が繰り返し行った鬼のような勧誘は、俺が現在も天才クラスの書道家であるという思い込みが大前提。そんな俺が入部して実績を残すことができれば、部員は足りなくとも部は存続できるからこそ、拒絶をポジティブに捉えて何度もアタックしてきたのだ。

しかし蓋を開けてみれば、実際の俺は中学に上がってすぐに筆を置いている天才の搾《しぼ》りかす。黙っているわけにもいかないので入部後にスランプ状態にあることを打ち明けた結果、すっかり興味を失われてしまった。

前のしつこい彼女も敵わなかったが、人間とは求められるうちが華なのかもしれない。結果として部員は二人増えて三人になったのだから、一応前向きには捉えてくれているようだ。

先に来ていたアキは床に古新聞を敷き、その上に半紙を広げて既に書をしたためている。俺自身が師を持たず我流で書いていた人間なので、筆の持ち方や姿勢、永字八法《えいじはっぽう》など基本的なことだけは教えたが、あとは好きに楽しんで書いたらいいと思い、技術面については訊かれない限り口出ししないことにしていた。

「調子はどうだ？」

「奥深いものですね。思ったような字は、なかなか書けません」

「気張らなくていいんだよ。書きたいなと感じた字を、自由に書けばいい。例えば、好きな食べ物とかどうだ？」

「なるほどです」

しばし悩んだアキは、たっぷりの墨汁をつけた筆で半紙に『納豆』と記す。その字と睨み合い『豆っぽさが足りません』と独自の見解を述べると、彼女はそれを丸めて新しい半紙を取り出した。あまり邪魔をするのも忍びないので、及川先輩へと視線を移す。

「その書類、何ですか？」

「ん？　ああ、何だ墨森君か」

「そのリアクションはさっきされました。いい加減許してくださいよ」

「別に怒ってないよ。少し疲れてるだけ。この書類は、学園祭の何やかんやだよ。私一応、生徒会の書記だから」

それは初耳だ。俺の勝手な深読みかもしれないが、役員になった目的はおそらく内申点なのだろうな。

「そういうのって、生徒会室でやらなくていいんですか？」

「こっちの方が静かで捗《はかど》るから。それとも何。私、邪魔者扱い？　アキちゃんと二人きりがいいの？」

「誰もそんなこと言ってないじゃないですか」

俺の入部と部活の存続決定をイコールで結びつけて考えていた及川先輩は、どうにもまだダメージを引き摺っているらしく、当たりがきつい。

「ええと、先輩の目的って書道部の存続なんですよね？　春の時点で先輩一人きりだったのに、何だかんだで今まで部が残ってるんですから、案外大丈夫なんじゃないですか？」

「それは私が生徒会の書記だから、入部届を水増ししたのがバレてないだけ」

とんでもないことを暴露しないでほしい。

実績が無理なら、部の存続の条件である部員五名の確保を満たすほかない。俺とアキが入部したが、それでもまだ三人だ。部の掛け持ちは禁止という校則が、かなり痛い。せめてもう一人増えれば、あとたったの一人だと先輩も元気を取り戻せると思うのだが。

「おい肇ー」

ノックもなしに部室のドアが開き、我が物顔で入ってきたのは羽流。入部希望者かと一瞬期待したが、そんなタイミングよく来るはずもないか。

「アタシ、書道部に入るわ」

そんなことを思った矢先、彼女はケロリと耳を疑う言葉を口走ったのだった。

書類を放り投げた及川先輩が、滑《すべ》るような動きで羽流の手を握り「部長の及川鈴里です。書道部へようこそ！」と力強い挨拶をする。羽流も「一年の小野羽流っす」と気さくに返していた。

いやいや、ちょっと待ってほしい。

「入部するって、この学校は掛け持ち禁止だぞ。体操部はどうすんだよ？」

「辞めてきた」

「辞めてきたって……あっ」

急な退部理由には、あまりにも心当たりがありすぎた。俺はアキと顔を見合わせ、互いに青白い顔を披露し合う。

俺達は知っている。女子体操部が、実質顧問のイケメン教師・天城先生の争奪戦と化していたことを。そして、その争奪戦は部長の総武先輩に軍配が上がっていることを。

「……まあ、うちも部員不足で悩んでいるし、入部は大歓迎だ。でも、羽流は書道とか別に興味ないだろ？　何でわざわざグヘッ」

背後に回った及川先輩に、うなじの辺りをチョップされた。生憎だが、それで気絶するのは漫画の世界だけである。俺が意識を失わないとわかると、彼女は耳元で「余計なこと言わないで」といつもより低い声で脅迫してきた。

「別に、興味ないこともないし」

痛めた首を擦っていると、羽流はそっぽを向きながら語り始めた。

「アタシだってこの間の謎解きはそこそこ楽しかったし、この部にはアキもいるし、楽しくやっていけそうだなって思っただけ。悪い？」

どうやら、羽流なりに次へ進もうとしているらしい。それなら、拒む理由もないか。

「悪くないよ。好きにすればいい」

「んじゃ、そういうことで」

照れ隠しのように軽く笑うと、羽流は書道部員として部室内に転がり込む。そして、手頃な椅子に腰掛けるといきなりスマホを取り出してゲームに興じ始めた。こういうところが、何とも彼女らしい。

「お前なぁ」

俺が先輩部員として鉄槌《てっつい》を下そうとしたところで「まあまあ」とアキが口を挟む。彼女は「羽流も一緒に書きましょう。楽しいですよ！」と、先ほどから熱心に取り組んでいた作品を掲げて見せた。書かれている文字は『大豆』。何故発酵前に戻したのか。

アキからのお誘いに対して、羽流は「明日から頑張るよ」と明日からも頑張れない人が吐く台詞を落とした。それを真に受けたアキは「約束ですよ！」と瞳を輝かせ、及川先輩は先ほどから「あと一人、あと一人」と呪文《じゅもん》のように繰り返し呟いている。

まあ、自由なのは悪いことじゃない。羽流がいれば、俺も気軽にやれそうだ。今日のところは、押入れの奥から引っ張り出してきた自分の書道用具の手入れでもやろうと、鞄から漆《うるし》塗《ぬ》りの硯箱《すずりばこ》を取り出して開いた——途端に、閉じる。

しまった……忘れていた。そういえば、そんなことをしてしまっていたかもしれない。

「肇、どうかしましたか？」

アキに問われて、俺は硯箱を隠そうとする。だが、彼女の碧眼《へきがん》がそれを捉える方が一瞬早く、好奇心旺盛《おうせい》なアキは案の定「何ですかそれ？　見せてください！」と詰め寄ってきた。はてさてどうしたものかと焦ったところで、コンコンと部室のドアがノックされる。

「今日は来客が多いね。新入部員だったりして！」

及川先輩が期待を胸にドアを開ける。残念ながら、流石にそこまでトントン拍子にはいかないようだ。

「よう」

ドアの向こうで片手を上げたのは、香澄だった。

●

佐村香澄は、俺の小学校時代からの友人だ。武道一家の生まれで、本人も剣道に打ち込んでいる。今年の夏の大会でも一年生ながら先鋒《せんぽう》を任されたそうなので、結構強いのだと思う。

昔から身長は周りの友達より飛び抜けて高かった。長身に伴い力も強く、頼られることの多かった彼は自然と兄貴肌の男へと成長し、現在に至る。

文武両道を体現し、性格は冷静で真面目《まじめ》。髪型はこざっぱりとしている短髪を昔から貫《つらぬ》き通しているが、容姿はいいのでそれすらもお洒落《しゃれ》に見えてくる。非の打ち所がない、俺の自慢の友人だ。

とりあえず座ってもらうと、香澄は落ち着きのない様子でキョロキョロと視線を動かしている。やがて羽流を見つけると、彼は何処となく助かったかのような安堵を顔に滲ませた。

「どうしてここにいるんだよ。体操部はサボりか？」

「辞めたの。今日から書道部員」

「はぁ？　辞めたって何で」

追及しようとした香澄の肩を掴み、俺は『深入りするな』と目で訴える。それでも彼は何か言いたそうにしていたが、最終的には「まあ、頑張れよ」と軽いエールを送るだけに止《とど》めてくれた。

「それで、香澄は何の用で来たんだよ？」

真面目な彼が、剣道部の部活を休んでまでこの部室を訪ねてきているのは、俺にとって何気に衝撃的だったりする。用事があるのはまず間違いないのに、香澄は先ほどから言い渋《しぶ》るように机の天板を見つめていた。

「らしくないな。言いづらいことなのか？」

「言いづらいってわけじゃないんだが……変なことを尋ねるけど、いいか？」

「何？　男子同士のエロい話なら、アタシら席を外すけど」

羽流が茶化《ちゃか》すも、香澄は真剣な表情で「いや、できればいろんな人の意見が欲しい。ここにいる皆の助力を願いたい」と頭《こうべ》を垂れた。おふざけを阻まれて、羽流はつまらなそうに片肘《かたひじ》をつく。

「で、尋ねたい変なことって何なんだ？」

「まずは見てほしいものがある」

香澄は一枚の小さな紙を、カッターシャツの胸ポケットから摘まみ取って机の上に置いた。書道部全員で覗き込むそれに書かれていたのは、たった一文字の漢字。

それは――『彊』というもの。

「この漢字の読み方を教えてほしいんだ」

どうやらそれが、香澄がここを訪れた理由らしい。

「アタシわかんねー」と羽流が早々に戦線を離脱し、及川先輩も「悔しいけど、私も力になれそうにないかも」と自信なさげに視線を下げる。アキはというと、興味津々でその漢字との睨めっこを飽きることなく続けているが、読み方を理解している様子はない。

では、ここは俺が手柄を貰《もら》うとしよう。

「音読みで『カ』と『セイ』が正解だ」

俺は記憶の隅っこに眠っていた知識を提示する。ネットで検索すれば、俺の解答が間違っていないことは容易《たやす》く証明できるだろう。香澄だって、俺の知識に一目置いてくれていたから尋ねに来たのだ。解答を頭から疑ってかかるとは思えない。

それなのに、彼の表情からは落胆の色が窺えた。

「すまん肇。そういうことじゃないんだ」

香澄は困ったように頭を掻《か》き毟《むし》る。まあ、その答えでいいのなら端《はな》から自分で調べればいいだけの話だ。香澄がわざわざ部活を休む理由にはならない。

しかし、先ほど提示した音読みが求めていたものと違うとなると、少々厄介なことになる。

「この漢字の正確な読み方は、不明。こっちの考え方が、香澄の求めている方か？」

問うと、彼は申し訳なさそうに「流石だな」と頷いた。ここですかさず、アキが身を乗り出すようにして疑問を飛ばしてくる。

「読み方は不明が正解？　そんな漢字があるのですか⁉」

「あるんだよ」俺は机上の文字を指先で叩き「この漢字は、幽霊文字と呼ばれるものだ」

聞き慣れない単語の登場に、アキが例によってメープル色の手帳を開きスタンバイする。及川先輩はまだしも羽流までもが興味を持ったようで、無言で俺に続きを促《うなが》してきた。ここまで来て、説明しないわけにもいかない。

「幽霊文字とは、ＪＩＳ基本漢字に採用された六千三百五十五字の中で、典拠や用例が不明とされている文字のことだ。いくつかあるんだが、長年の研究で少しずつ幽霊文字の出所や、元となった字などが判明してきている。そんな中で、未だ唯一何もわかっていないのがこの漢字。幽霊文字の代表と言ってもいい文字だ」

『強』の本字である『彊』の右側が掠れていて『弫』という形に見えたのではという説も存在するが、真相は定かではない。

「はあ……そんなものが存在するのですね」

感嘆した様子で、アキは『弫』の文字に恋でもしているかのような視線を落とす。つられてジッと見ていると、何だか存在してはいけない奇妙な字のように思えてきたが、これはおそらくゲシュタルト崩壊だろう。

「この字はＪＩＳに登録されているから、パソコンやスマホに打ち込めば普通に出てくる。しかしその実、使い道はゼロに等しい。誰も知らない、使いようのない存在しないはずの文字。まさしく幽霊文字を名乗るに相応《ふさわ》しいというわけだ」

アキのペンが手帳の上を駆け巡り、及川先輩は「流石は元天才」と皮肉なのか褒め言葉なのかわからない言葉を添えて軽く拍手を送ってくれた。一方で、話し終えてみれば羽流にはやはり退屈だったようで、うつらうつらと夢の世界に旅立ちかけている。

ここで、傍観していた依頼者の香澄が口を開いた。

「肇が最初に言った『音読みでカとセイ』という答えは、俺も自分で調べたからわかっていた」

「だろうな。その読み方は、便宜上の理由で与えられている仮のもの。名無しの権兵衛《ごんべえ》では、どうしても不都合が多いからな。とは言っても、それ以外に読み方として定められているものはない。何故『カ・セイ』じゃ駄目なんだ？」

香澄へ向けて、率直な疑問を飛ばす。そもそも彼は、何故この幽霊文字の読み方について知りたがっているのか。その理由は、和らいだ笑みと共に告げられた。

「この漢字一文字は、人の名前なんだ」

五日前、香澄の知り合いの女性が赤ちゃんを出産したらしい。それ自体は大変おめでたいことなのだが、予期せぬハプニングが発生する。

「長時間に及んだ出産のせいで、その女性が記憶喪失になってしまったんだ」

香澄は、俯き加減で言葉を落とす。

「出産で記憶喪失なんて、そんなことがあり得んの？」と、これは羽流だ。確かに俺も、耳にしたことのない事例ではある。

「男の俺や肇には想像もできないが、かなりの激痛を伴うものなんだろ？　それが断続的に続けば起こり得ることらしい。少ないが、前例もあるそうだ」

「それは大変……記憶が戻る見込みはあるの？」

及川先輩がオドオドしながら問いかけると、香澄は安心させるように歯を見せる。

「幸い、日に日に回復の兆《きざ》しは見えています。一時的なもので、やがて記憶は取り戻せるだろうと医者は言っていました」

それは何よりだ。俺を含む全員が胸を撫で下ろしたが、香澄は表情に影を落とす。

「だが、困ったことがあってな」

「困ったこと?」

俺が復唱すると、彼は頭をボリボリと掻きながら吐き出す。

「生まれた赤ちゃんの名前が、わからないんだ」

なるほど。相談内容の本筋が見えてきた。

「名前は母親がつけることになっていて、父親にも生まれるまで秘密にされていた。だが、母親はまさかの記憶喪失。これじゃあ、必死に考えた名前が何だったのかわからない」

「記憶が戻るまで待つことはできないのですか?」とアキが問う。

「出生届の提出期限が迫っているんだ。時間はあまり残されていない」

そういう決まりがあるものなのかと何気に初めて得た知識に納得していると、及川先輩がおずおずと手を挙げる。

「ええと、話の流れから察するに、その赤ちゃんの名前がコレなんだよね?」

言って、先輩は机上の『弜』と書かれた紙を指さす。読み方が不明であると語ってしまったので、コレと形容するほかなかったのだろう。

「そうです。産婦人科で入院していた個室に、名付け関連の書籍と一緒に一冊のノートが置いてありました。そこにはいくつもの名前が書かれては横線でボツにされていて、最後の方で二つの名前に何度も丸印がつけられていたんです」

「二つ？」

「はい。一つは幽霊文字。もう一つはコレです」

香澄は卓上にあったボールペンを手に取って、幽霊文字の隣に『音哉』と書き記す。

「こちらの読み方は、きちんと『おとや』とルビが振ってありました。ですが、幽霊文字には読み方が書かれていなかったので、困り果てているんです」

つまり、母親は子どもの名前をこの二択にまで絞っていたということか。『音哉』の方を採用するのは簡単だが、もう一つの名に込めた想《おも》いも知った上で決めたいと考えているのだろう。

昨今、名前の読み方のフリーダム化は止まるところを知らない。ルビがなければ読めない名前が、当たり前となりつつある。この文字が仮に与えられている『カ』では、人の名前には成り得ない。もう一方の『セイ』ならば可能性はありそうだが、あまりしっくりこなかったからこそ香澄は今日ここに謎を持ち込んできたのだろう。

意味のある漢字なら、そこからの発想の飛躍で読み方に辿り着ける可能性もある。しかし、選ばれた名はよりにもよって正確な読み方も典拠も全てが不明の幽霊文字。これでは、探りようもない気がするのだが。

「面白いですっ！」

そう声を上げたのは、当然アキ。大好きな日本語の絡む謎の話をしている割には物静かだなと思っていたが、香澄が語り終えるのをウズウズしながら待っていたようだ。

「幽霊文字に与えられた、名前としての読み方。ドキドキします！　皆で探し当てましょう！」

彼女は拳を突き上げてはしゃいでいるが、それは何というか――違うと思う。これは香澄の知り合いに起きた不幸話であり、探る手助けをしてくれと頼まれているのは、名前という今後一生背負っていく大切なものだ。興味を惹かれるからという安易な理由で手を出していい件だとは、俺には思えない。

「なあ、アキ」

「いいんだよ、肇」

テンションの高いアキを止めようとした俺を、香澄が制止する。

「アキさんはあれでいいんだ。荷が重い話に聞こえるかもしれないが、肇にも気楽に考えてほしい」

「……お前がそう言うなら、そうするよ」

やや渋りつつも承諾すると、香澄は「すまんな」と申し訳なさそうに笑った。彼にとっても、知り合いの話だ。明確な答えが知りたいというよりは、改めて名前を決める上で参考にできる情報を集めることができればという考えなのかもしれない。

かくして、本日の部活内容は謎の幽霊文字『彁』の読み方探しに決まった。

世話になるお礼として香澄が飲み物を奢ってくれるというので、俺達は全員で食堂前の自販機へと向かった。いつぞやのぎなた読みがチラつくその場所で、俺はブラックコーヒーを選択する。

アキはミルクティー、及川先輩は新発売の炭酸飲料、羽流は「腹減った」と一人だけ食堂でパンを奢ってもらっていた。香澄が自分用にコーラを購入した後、俺達はぞろぞろと書道部の部室がある部室棟へと引き返す。

階段を上ってそこへ向かう道中、ドアが開いたままの部室があった。覗いてみると、俺が一度鉢合わせになった作業着姿のおじさんがコテを手に持ち内壁に何かを塗りたくっている。どうやら、彼は左官職人だったようだ。

「ここは何部ですか?」

アキが誰にでもなく問う。ドアの外側に回り込んだ及川先輩が「茶道部みたい」と望む解答を知らせた。だからこの部屋は床が畳で、その他の内装も和のテイストが強いのか。

「随分なこだわりようだね。書道部も畳なら寝っ転がれるのに」

羽流が愚痴《ぐち》っぽく零すと、生徒会書記である先輩が「理事長の趣味が茶道なんだって」

と裏事情をしれっと零した。では、その趣味の欄に書道を追加できれば、書道部消滅の危機は回避できるのではないだろうか。

そんな淡い妄想をしながら部室へと戻り、俺は「いただきます」とコーヒーを一口飲む。アキと及川先輩も俺に続けて香澄に礼を言い、飲み物を口に含んだ。買ってもらったメロンパンへ豪快にかぶりついた羽流の「そんじゃま、話し合ってみますかね」という軽い言葉で議論は再び幕を開けることとなる。

参考資料として、及川先輩が『彁』の文字を半紙に大きく書いて机の上に置く。バランスの整った、とても綺麗な字だった。「流石ですね先輩！」と、アキが手放しに褒めちぎっている。

言葉の謎との接触に、彼女は部活連絡網事件の時と同様に胸がときめいている様子。しかし残念なことに、俺は今からそんなアキの喜びを一刀両断しなければならない。

「先に、一ついいか？」

隠し通すわけにもいかないため、やむなく白状する。

「この漢字は、人名には使えないぞ」

俺の放つ情報に、女子一同は揃って首を傾げた。だが、直後に及川先輩だけが「あっ」と心当たりがあるかのような声を発する。

「もしかして、人名用漢字に登録されていないってこと？」

「はい。その通りです」

中国より伝来した漢字の数は果てしない。日常で使われる漢字の数は、約二千ほどといわれている。一般的な漢和辞典に収められている数は一万から一万数千。日本でもっとも収録数の多い漢和辞典『大漢和辞典』で約五万。本場中国では、八万五千以上の漢字が記載されているものもあるらしい。

そして、これら全ての漢字の中から生まれてくる子どもに与える名に使用する漢字を自由に選べるわけではない。

「名前に使えるのは常用漢字二千百三十六字と、人名用漢字八百六十三字。現在の法律では、これらを合わせた二千九百九十九字の中からしか選べない。そして、その中にこの幽霊文字は含まれていない」

「……まさかとは思うけど、それ全部覚えてんの？」

若干引き気味に、羽流が尋ねてくる。俺が「悪いかよ」と言い返すと、彼女は後退《あとずさ》りして壁に背中をぶつけていた。

ともかく、使えないのならば解き明かしても意味がない。国に人名用漢字への追加を求めようにも、出生届の提出期限には百パーセント間に合わないだろう。香澄の決断を待とうと思ったのだが、待つまでもなく返答が来る。

「ああ、知ってる」

静かにそう零した彼は、弱々しく頬を緩めた。

「すまん。その母親の人、結構抜けてるところがあってな。どうやら人名に使える漢字かどうかまで調べていなかったようなんだ。俺も自分で調べて、この漢字が使えないことはわかっていた」

「だったら、何で読み方を俺達に訊いたんだよ？」

「だからこそなのでは？」

口を挟んできたのは、アキ。彼女はミルクティーを両手で持ってコクコクと飲むと、青い目で俺を捉えて口を開く。

「母親が記憶を失う前に残したこの幽霊文字は、名前に使うことができないのですよね？　だったら尚更、読み方だけでも知りたいに決まっています。読み方がわかれば、漢字は使えないにしても改めてもう一つの候補と並べて考えることができるのですから」

「アキさんの言う通りだ」

香澄から太鼓判をもらい、アキは自慢げにエッヘンと胸を張った。言われてみると、全くもって彼女の言う通り。自分が所有する知識に偏ったお堅い想像しかできないことを思い知らされたようで、正直少し凹《へこ》んだ。

ここでしゃしゃり出てきたのは、壁際まで後退していた羽流。彼女はニヒルに口角を上げると、演説でも始めるかのように両手を目一杯広げる。

「さぁてと。じゃあそろそろ、アタシがサクッと答えを教えてあげちゃおうかね」

これは意外な申し出だった。アキが「思い当たる読み方があるのですか？」と期待を寄せると、羽流は自信満々に「こんなの簡単じゃん」とポニーテールを揺らした。

「この漢字は『弓』と『可』でできてる。繋げて読めば、ユミカ。赤ちゃんの名前は、ずばりユミカちゃんだ！」

安直だが、一理なくもない考え方だ。正確にいえば『可』は二つあるので『ユミカカ』になってしまうのだが、指摘すると彼女は小型犬のように吠えるだろうから措《お》いておこう。

羽流が提示した答えを前に、香澄が示した反応は——苦笑い。

「悪い羽流。それは違う」

「えー……何でそう言い切れるわけ？」

「ちゃんと理由はあるんだよ」彼は参った様子で「生まれた子は、男の子なんだ」

性別までは聞いていなかったが、もう一つの候補が『音哉』なので男の子だと察することは難しくない。ユミカという響きからは、確かに男の子よりも女の子のイメージが先行する。その証拠に、羽流自身も『ちゃん付け』で呼んでいた。

「カスミも大概、響きが女子っぽいけどね」と、ハズレ認定が不服な羽流が噛《か》みつく。対する香澄は「勘弁してくれ」と、大人の対応で受け流していた。

ここで再び怖々と挙手したのは、及川先輩。授業中ではないのだから言葉を捻《ね》じ込めばいいのにと思ったが、おそらくは他の人の声に自分の声がかき消されてしまうのが嫌いな性格なのだろう。

「先輩。何かありますか？」

真《ま》っ直《す》ぐ挙げられた手に気づいた香澄が、彼女に話を振る。指名してもらえた及川先輩は、自信なさそうに一つの異論を述べた。

「赤ちゃんの性別は生まれてくるまでのお楽しみにしておいて、男女どちらの場合も考えていたとか、そういうことはないの？」

つまり、母親が性別を敢《あ》えて聞かず、音哉の方を男の子、幽霊文字の方を女の子の場合として考えていたという可能性。医療が発展した今の時代、生まれるより結構前の時点でエコー検査により赤ちゃんの性別はほぼ割り出せる。だが、当日までの楽しみにしておく夫婦もそれなりにいるらしい。

ユミカ説復活への兆しが見え、羽流は「先輩っ！」と喜びのあまり彼女に抱きついている。及川先輩は一見ほのぼのと受け止めているように見えるが、両腕だけは渾身《こんしん》の力で羽流を引《ひ》き剝《は》がそうとしていた。

先輩の示した可能性は、俺も十分あり得ると思う。だが、依頼主の香澄はまたも首を縦には振らなかった。

「すみません先輩。事前の検査で男の子だと判明していることは母親も知っていたと、父親から聞いているんです。ですから、この幽霊文字は男の子の名前ということを前提に考えられたはずなんです」

「あ、そうなんだ」

説が否定された彼女はあっさりと身を引き、ユミカ説が爆発四散した羽流は冷めた様子で先輩から離れていった。身軽になったところで、先輩は続けて自分の考えを口にする。

「試しに、その夫婦の名前を教えてくれない？　両親の名前の一部を子に組み込むことって、結構あるでしょ？」

「おお、いい線突いてますね先輩！　香澄、これで書いてみてください！」

及川先輩に同調したアキは、香澄に自分の習字道具を使うよう促す。

「俺も考えてみたんだが、その可能性はないと思うんだ」

「もう一回考えれば、何《なに》かわかるかもしれませんよ！」

拒む香澄に、アキは半ば強引に筆を押しつける。無駄だ香澄。アキの強情さは、短い付き合いだが俺も身に染みている。彼は「字は下手くそなんだが」と渋りながらも、慣れない筆で二つの名前を記した。

小村孝一《おむらこういち》。そして、珪子《けいこ》。

お世辞にも上手いとは言えないその字をしばらく全員で睨んでみたが、両親の名前と子の名前に関連性はないように思える。だが、それよりも俺は――。

「どうかしたのか、肇？」

俺からの視線に気づいた香澄が、僅かに眉根を寄せる。「いや、下手くそだなと思って」と返すと、彼は「だから書きたくなかったんだよ」とバツが悪そうにしていた。

ここで、解法の可能性の提示がピタリと止まってしまう。これ以上案が出ないということなら、そろそろ俺の考えを述べさせてもらおう。実のところ、気になる道筋が一本だけ見えている。それが間違っているとしても、虱潰《しらみつぶ》しにいかなければ終わるものも終わらない。

「一つ、思いつくことがあるんだが」

声を発すると、香澄が「聞かせてくれ」と懇願する。

「その前に、場所を移動したい。ここで話すよりも、その方が有意義になると思う」

「よし、わかった」

香澄が立ち上がるのに合わせて俺も席を立ち、羽流も仕方ないなといった表情で身を起こす。それ以前から立ち上がっていたアキは、浮き足立った様子で「行きましょう！」と手帳を片手に部室のドアを開け放った。

「あ、ごめん」口を開いたのは、及川先輩。「私はここを離れるのは厳しいかなぁ」

そう言って、彼女は手元の書類に目を落とす。書記としての仕事をここで行っていたことを、すっかり失念していた。寧《むし》ろ邪魔をしてしまったようで、申し訳ない。

「お時間を取らせてすみませんでした、先輩」

律儀に頭を下げる香澄に対して、先輩は「ううん。答えが出たら、私にも教えてね」と俺達を見送ってくれた。

さてと、これから向かう先で有力な手掛かりが見つかるといいのだが。

●

部室棟から出てみれば、皆忙しそうにそこかしこで学園祭の準備作業を行っている。

渡り廊下を歩いていく間だけでも、外でギターをかき鳴らす者、木材で大きな骨組みを作っているグループ、漫才の練習をするコンビ、ベンチの前でバーベキューコンロから火柱を上げている輩まで様々な光景を拝むことができた。

文化系の部活を筆頭に、どの部も放課後は学園祭準備に移り変わっているようだ。普段は決められた場所に集まり部活に勤《いそ》しんでいる人達が、放課後でも校舎の方に溢れているというのは新鮮で、変な言い方かもしれないが人の多さに驚かされる。

「書道部は、学園祭で何をするのでしょうね？」

日本の高校の祭りに夢を馳《は》せながら、アキがそんな疑問を零した。そういえば、及川先輩からはまだ何も聞いていなかったな。あの人のことだから、部員を集めるためならステージ上で書道パフォーマンスなどと言い出しかねない。しかしながら、今からでは練習時間が圧倒的に足りないだろう。

　校舎内に入ると、喧騒《けんそう》が耳をつくようになった。楽しそうな声もあれば、怒鳴り声もある。意見交換の声も聞こえてくれば、単なる雑談も多い。BGMに使う音楽のメロディや、踊りの練習により発生する振動まで、ありとあらゆる青春の活気が入り乱れている。

　喧《やかま》しいが決して嫌いではないその音に耳を傾けながらやってきたのは、一階の外れ。この距離からでも、既にプレートに書かれている室名は確認できる。

「音楽室？」と、香澄が疑問符を浮かべた。

　室内では今はちょうど吹奏楽部が楽曲の演奏を合わせている最中らしく、ブラスバンドの音が盛大に漏れ出している。お邪魔するのも憚《はばか》られたので、廊下の隅でタイミングを窺うことにした。

「で、何で音楽室なわけ？」と羽流。ちょうどいいので、先に説明してしまおう。

「個人的に、あの幽霊文字に形が近くて、加えて名前に関連づけられそうな漢字は『歌』だと思うんだ。弓偏の漢字ならいくつもあるが、『可』の二つ並びが用いられているメジャーな漢字は『歌』くらいだろう」

「うーん……肇がそう言うなら、そうなんだろうな」

香澄は受け入れてくれたが、そういう理由で納得されるのは少し照れくさい。俺はそのことを悟られるより早く、話を前に進めた。

「可の二つ並びなら左に言偏を用いたものもあるが、これは『歌』の異体字で意味も同じだ」

「肇」アキは持ってきていた手帳を開いて差し出し「わかりにくいので、実際に書いて教えてください」

要望に応《こた》えて、彼女が愛用している桃色のペンで『彁』と『歌』、そして『訶』と書いて見せる。そのまま、続けて『哥』と書き記した。香澄は顎の辺りを擦り「これは？」と問いかけてくる。

「このように『欠』や『言』を取り払った漢字も存在するんだ。そしてこれも、歌を意味している」

「何かめんどくさいな。こんなに歌ばっかりいらないじゃん。昔の人って、馬鹿なんじゃないの？」

「滅多《めった》なことを言うなよ羽流。言葉は生き物だ。時代の移り変わりに沿って、様々な表記が生まれては消えていく定めなんだよ」

うぐぅ、と苦い顔をした羽流を横目に、俺は纏めに入る。

「さらに言えば、もう一つの候補である『音哉』にも音が含まれている。だから俺は、幽霊文字の読み方には歌や音、声なんかが絡む言葉が当て嵌まるんじゃないかと考えた」

「なるほど。それで音楽室なんですね！」

納得してくれた様子のアキは、うずうずしながら音楽室へ体を向ける。だが、演奏はまだ終わりそうにない。

「なら、左半分の弓はどうなるんだ？」

時間があると踏んだのか、香澄が納得できていない箇所を指摘する。右半分の『哥』単体で『歌』の意味があるのはいいとしても、『弓』の方に意味がなければ、わざわざ名前に幽霊文字を引っ張ってくる理由もなくなってしまうだろう。これに関しても、一応仮説は用意していた。

「ヴァイオリンやチェロ、コントラバスなどの擦弦《さつげん》楽器で弦を擦る棒のことを『弓《ゆみ》』って呼ぶだろ？　珪子さんはそういった楽器を嗜《たしな》んでいた……みたいなことを考えていたんだが、違うか？」

推論をぶつけると、香澄は頭を押さえて「すまん」と口にした。今日の彼は、謝ってばかりいるような気がする。

「先に話すべきだった。弓に関しては、シンプルな考え方で間違いないと思う」

「シンプル？」

「そのままだよ」彼は申し訳なさそうに「珪子さんがやっているのは、楽器じゃなくて弓道なんだ」

そこそこ自信があるようなことを言って出てきた手前、及川先輩の待つ部室にそそくさと戻るのは恥ずかしい。かといって、弓偏が擦弦楽器ではなくシンプルに弓道を示している可能性が高いとわかった今、音楽室の前で突入するタイミングを窺う必要もなくなってしまった。

居場所を求めて彷徨《さまよ》った俺達は、中庭に空いているベンチを見つけたのでそこに陣取る。外で作業する生徒が多いので、数が限られるベンチの傍は人気スポットのはず。空いているなんて運がいいなと思っていた矢先、足元の芝生が焦げているのをみつけた。思い返せば、ここはバーベキューコンロを燃やしていた連中が使っていた場所だ。大方先生にでも見つかり、撤収を余儀なくされたのだろう。

少し疲れた様子で、香澄は背もたれに身を預けた。俺もその隣に腰掛けて、短く息をつく。アキと羽流は、真向かいのベンチ前で校門に設けるゲートを作っている人達に近づき会話に花を咲かせていた。

「肇、少し変わったよな」

正面を見据えたまま、香澄がそう切り出す。

「何だよ、藪《やぶ》から棒に」

「だって、幽霊文字の説明なんて少し前だったら拒んでただろ？　書道のためにかき集めた知識をひけらかすのを、嫌がったはずだ」

指摘されて想像してみると、確かにそんなことを考えそうだなと感じた。

「アキさんに惚れたおかげだな」

いきなり図星を指され、顔が一気に熱を持つのを感じる。「はぁ？　違う違う！」という拒絶の声は、恥ずかしながら裏返っていた。その反応に香澄は満足そうに笑うと「何にせよ、いい変化だ」と天を仰いだ。

「書道をやめてからの肇は、つまらなそうに見えたからさ。彼女がいたから、書道部に入部しようと思ったんだろ？」

流石は幼馴染《おさななじ》み。全部お見通しというわけか。俺はそのことが気恥ずかしく、頭をボリボリと掻く。

「……まあな。日本語好きのアキに引っ張られて、久しぶりに言葉と真剣に向き合った。そうしたら、これまでと違う見方ができるとわかったっていうか、意外と面白く思えたんだよ」

「それは何よりだ。……俺達はせっかく生きてるんだから、楽しまなきゃ損だよな」

「確かに、つまらないよりは幾分マシだ」

素直に思ったことを返すも、香澄は晴れ渡る青空を見上げたまま黙っている。——何だろう。彼も彼なりに、何か思うところでもあるのだろうか。

「……まあ、書道にもう一度手を出した理由はそれだけじゃないんだがな」

密《ひそ》かに掲げた『アキに告白するために、彼女の好きな夏目漱石の「月が綺麗ですね」に負けない I love you の訳を考える』という目標を達成するためには、真剣に言葉と向き合わなければならない。勿論これだけは、いくら香澄が相手でも言えたものではないが。

視線を戻した香澄が「何だよそれ、教えろよ」と軽い裸絞めをかけてくる。そんな彼の腕をタップしていると、アキと羽流がトコトコと帰ってきた。

「楽しそうですね。何を話していたのですか？」

問いかけてくるアキに答えられるわけもなく、俺は「何でもない」と目を逸《そ》らす。不満そうにしている彼女を見やりながら、香澄は口元を緩めていた。

「さて、一旦《いったん》情報を整理しよう」

レディーファーストということでベンチをアキと羽流に明け渡し、俺と香澄は芝生の上に胡坐《あぐら》をかいて座る。とりあえず、これまでに出てきた情報を纏めてみよう。

「香澄の知り合いである小村孝一さんと珪子さんの間に、五日前男の子が生まれた。しかし、不運にも珪子さんが出産の痛みから一時的な記憶喪失に陥ってしまう。名前は珪子さんが決めることになっていて、周りの人は勿論父親にすら当日まで内緒にされていた。唯一の手掛かりは、病室から名付けの書籍と一緒に出てきたノート。その中で丸をつけられていたのが、『音哉』と例の幽霊文字の二つだった」

読み方のない『彁』の文字が、きっと皆の頭の中に浮かんでいることだろう。

「ノートにあったのは漢字表記のみで、ルビは振られていなかった。この漢字は人名には使えないので、どうにかして読み方を突き止めたい」

続けて、これまで提示された案を順に確認していこう。

「最初に出てきた羽流の『ユミカ』という案は、響きが男の子っぽくなく、珪子さんも生まれる以前から子どもが男の子であることを知っていたので却下。続いて及川先輩が『両親の名前が何らかの形で絡んでいる可能性』を示唆《しさ》したが、その繋がりは見受けられない。最後に俺の『歌や音楽と関係がある』という案だが、弓偏が擦弦楽器ではなく弓道を指しているらしいのでボツとなった」

以上だ、と締《し》め括《くく》る。相手は意味も読み方も使われ方すらも不明の幽霊文字。わかってはいたことだが、難しい。

「つまり、現状では何もわかっていないということですね」

しれっと、アキが厳しい一言を放ってくる。素直に「ああ、お手上げ状態だ」と答えると、彼女は目の色を変えて手帳を開いた。

「肇！　そのオテアゲとは、どういう意味の言葉ですか？」

出た。知らない言葉をすぐにメモするのは、彼女の趣味であり癖《くせ》でもある。だが、今回に関しては説明する必要はないはずだ。何故なら、

「忘れたのか？　始業式の日にも、同じ言葉を教えたはずだけど」

ギブアップの意味だとか、そんなふうに答えたと思う。アキはページを遡ってその文字を見つけると「これは失礼しました」と恥ずかしそうに手帳を畳んだ。毎日たくさんの言葉を収集している彼女のことだ。こういうことも、たまにはあるだろう。

「というわけで、香澄。情報が足りない。できれば、珪子さんについて知っていることを教えてくれないか？　それを知ることが、名前の読み方を探ることに繋がると思うんだが」

名付けた人の趣味嗜好《しこう》を知れば、そこからどのような名前を与えようとするのかある程度推測できるようになる……かもしれない。少なくとも、知らないよりは知っていた方がプラスに働くことは確かだ。

香澄も納得してくれたようで、芝生の上に目を落としてポツリポツリと語り始める。

「そうだなぁ……おっちょこちょいで泣き虫だけど、筋を通す人だよ。責任感というか、やらなければならないことを前にすると、そこを見定めて妥協しない人。的一点を狙《ねら》う弓道という武道は、あの人にはぴったりなんだ」

「そういや、香澄も一時期弓道やってたっけ？」

ふと思い出した過去の記憶を持ち出すと、羽流が「え、そうなん？」と食いつく。

「まあ、俺には合わなかったみたいで中学から剣道に変えたんだけどな」

「確か、両親のどちらかが弓道やってるんだよな？」

「母親の方だ。俺の香澄って名前も、弓道で狙う『霞的《かすみまと》』から取ったんだとさ」

それは何気に初耳の情報だった。彼の女性的な響きの名前は、弓道から拝借していたものだったのか。

「ついでにいえば、子どもの名前候補の『音哉』も弓道で偶数回に射る『乙矢《おとや》』の響きを転用しているんだと思う」

それはわからなかった。珪子さんは、なかなか筋金入りの弓道愛好家のようだ。香澄が彼女と知り合ったのも、おそらくは弓道好きの母親を通してのことだったのだろう。

「珪子さんの話だったたな」と、香澄が話題を戻す。

「弓道は本当に向いてたみたいで、高校の時はインターハイの個人戦で三位に入賞したこともあるそうだ。大学でも、卒業して社会人になってからも弓道は続けていた。だから、あの幽霊文字の弓偏が弓道を指していることだけはわかるんだよ」

語る香澄の口元は、微《かす》かに緩んでいた。その表情を見ていると、一つの疑問が頭の片隅を突く。

――珪子さんという女性は、彼にとって本当に単なる知り合いなのだろうか。

「では、弓道場に行ってみましょう！」

ベンチから立ち上がり、アキが元気よく提案した。うちの高校にも弓道部はある。この場所に留まるよりは有意義だろうと思い、俺達も彼女に倣って腰を上げた。

●

弓道場は、高校の敷地内の隅にひっそりと建てられていた。矢という危険なものが飛び交う以上、立地の悪さは致し方ないのかもしれない。

道場は古き良き日本建築……であれば理想的なのだろうが、実際は風情も何もないプレハブ小屋のような建物。シャッターを開けることで、一面が開放される仕組みになっている。そこから芝生の上を三十メートルほど進んだ先に土の壁があり、白黒の的が等間隔に五つほど設置されていた。

弓道部は学園祭準備にはまだ着手していないようで、今日も本来の部活動に励んでいる様子。危険のない範囲で近づき、こっそり見学させてもらった。袴《はかま》姿の部員が放った矢は、羽根で風を切る音を纏いながらパンと気持ちよく的を射貫《いぬ》く。こうして近くで見るのは初めてだが、なかなかの迫力だ。

「おお、凄いです！」

感激したアキが声を上げたため、部員達の視線は一斉にこちらへと注がれることになる。そこにいたのが話題のブロンド転校生となれば、気にせずにはいられないだろう。

「香澄。お前、弓道部に知り合いとかいるか？」

「うーん……親しい奴はいないな」

こうなるともう無言で傍観するわけにもいかないので、挨拶が必要だ。弓道部所属の友人がいれば話は早いのだがと渋っていたところ、アキが単身で突っ込んで実にあっさりと見学許可をもらってきてくれた。初対面の人との距離が近いのは彼女だからこそなのか。それとも、日本人が消極的すぎるだけなのか。

ともあれ、許可をもらえたのだからこれで堂々と見学できる。俺達は四人横並びで立ち、射場から的へと飛んでいく矢をしばしの間眺めていた。最初こそ矢のスピードや迫力にドキドキしていたが、慣れてくると失礼な話、少々地味にも思えてくる。

「やっぱり、真ん中に中《あた》った方が得点は高いのですか？」

「いや、これは近的《きんてき》と呼ばれる競技だから、中りと外れ以外の判定はない。的の中央だろうが隅だろうが、結果は一緒だよ」

経験者である香澄の説明を熱心に聞くアキ。対して羽流は、案の定飽きたようでスマホを弄り始めていた。見学させてくれと申し出たのはこちらなのだから、それはいくら何でも失礼だろう。

「羽流。スマホはしまえって」

「つっても、退屈なものは退屈だし」

「まあ、傍から見ていても物珍しいだけで、面白さはわからないだろうな」

納得したのは、意外にも香澄だった。彼は笑いながら言葉を連ねる。

「いいか羽流。弓道は、心のスポーツなんだよ」

「心？」

「ああ。これは当然矢が的に中った本数で競う競技なんだが、不思議なもので、中《あ》てようと思えば思うほどに中らなくなる」

つまり、やることがシンプルであるが故《ゆえ》に、精神のブレが結果に直結しやすいということなのだろう。

「弓道は、勝ち負け以前に自分と向き合うスポーツなんだ。練習でいくら中ろうとも、試合になった途端全ての矢を外す人も珍しくない。逆に、いくら中ろうとも八つの動作からなる射法八節が美しくないと、正しい射形として見られない」

「ふーん……ま、結局アタシにはよくわかんないけどね」

天邪鬼《あまのじゃく》な彼女は、そう言って再びスマホに目を戻してしまった。経験者とはいえ、正直香澄がここまで弓道に詳しいとは思わなかった。それならば、是非頼みたいことがある。

「他にも色々と教えてくれよ。何かヒントが見つかるかもしれない」

香澄が快諾してくれたところで、道場内にいる弓道部員達の動きに変化があった。弓と四本の矢を持った五人の部員が、揃って射場へと入っていく。しかし、射るのではなくその場に膝をつき座ってしまった。

「何が始まるんだ?」

「多分、試合形式の練習だ。正式な試合では、坐射《ざしゃ》と言って射場に入り矢を番《つが》えて射て退場するまでの一挙手一投足に決まった動きを求められる」

説明を聞いていると、先頭の人が弓を両手で持ちゆっくりと立ち上がる。その人が射る動作に入ると、今度はその後ろの人が立ち上がった。さらにその後ろの人は、立てた弓に矢を番える。

「ああやって前の人の動きに合わせて動作を進め、一人ずつスムーズに一本ずつ矢を放っていくんだ」

「何だか、物凄く遅いダンスみたいですね」

アキのその感想は、言い得て妙かもしれない。香澄も「間違ってないかもな」と納得していた。

先頭の人の矢が放たれる。風を裂き走った矢は、的の右側に外れてしまった。続く二番手の人の矢は、やや上に外れて土の壁に突き刺さる。変化が起きたのは、三番手の人が矢を放った時だった。

ピンと張られた的を、矢先がパンと音を立てて突き破る。途端に道場内の後ろで正座していた部員達が、一斉に「よしっ！」と大声を上げたのだ。突然のことに、俺とアキと羽流はびくりと小さく跳ねてしまう。

「い、今のは何だ？」

尋ねると、香澄は「弓道の応援の仕方だよ」と教えてくれた。

「心のスポーツだってことは、さっき説明しただろ？　集中力が求められるから、他のスポーツに見られる派手な応援は当然禁止されている。とはいえ、応援一切禁止では寂《さび》しすぎる。だから、矢が中った一瞬だけは、さっきみたいに声を発することが許されているんだ」

説明を聞いている間にも、四番手と五番手が続けて的を射貫いたので「よしっ！」という声が二度発せられている。

「応援の声は『よし！』だけに限られているのですか？」と、アキ。

「いや、他にも『しゃ！』とか『たり！』とか『せい！』とか、手拍子なんてのもある。学校やクラブによって様々だな」

短いなりに、色々と個性があるようだ。感心すると同時に——見えてくる景色がある。

「香澄」俺は静かに「一つ、推測ができた」

「何かわかったんですね、肇っ！」

アキが喜びのあまりに大声を上げたため、射場の方から恨めしげな視線がいくつも飛んでくる。

「教えてください肇！　これでまた一つ、面白い日本語を知ることができます！」

「しーっ！　静かにしろって！」

俺は周囲の目を厭《いと》わないブロンド髪の少女の口を押さえ込み、香澄と羽流と共に弓道場から距離を取った。ある程度離れたところで、アキを解放する。

「ぷはぁ」と息を吐き出した彼女は「いきなり何をするのです！」と白い歯を剝き出しにして唸《うな》っている。意図せず彼女の唇と密着してしまった手のひらのことで頭がいっぱいになっている俺は、恥ずかしながら「え、あ、ごめん」と挙動不審な反応を返すことしかできなかった。

「それで、何がわかったわけ？」

興味を失いかけている羽流に問われて、俺は推論の肝となる情報を提示する。

「漢字の成り立ちだよ。アキはわかるか？」

「知ってます。『人』という字は、人と人が支え合う姿からできているというアレですよね？」

それは某ドラマから生まれた名言なのだが、成り立ちの捉え方自体はそういうものなのでよしとしておこう。

「アメリカにいたアキはいいとして、香澄と羽流は可能性の『可』の成り立ちをどういうふうに習ったか覚えているか？」

「んなもん、いちいち覚えてないわ」

「すまん。俺も記憶にない」

羽流に噛みつかれ、香澄にも謝られてしまった。

「漢字の成り立ちには研究者の数だけ様々な説があるが、俺が取り上げたいのは『口から大きな声を出している様子』という成り立ちだ」

大きな声。それは、つい先ほど聞いたばかりだ。香澄は俺が語ろうとしている推論に希望を持ってくれているのだろう。その表情には、緊張が見て取れる。

「アキ。もう一度手帳を借りてもいいか？」

「勿論です！」

彼女は喜んで手帳の留め具を外すと、音楽室前での説明で使ったページを開いて渡してくれた。俺はそこに書かれている『哥』を指さし、説明に戻る。

「幽霊文字の右半分を占める『可』は、今回『口から大きな声を出している様子』として捉える。これが二つで『哥』となるわけだ。ここに『弓』を並べると、一つの情景が浮かばないか？」

弓は当然、射場の射手。二つの可は、矢が中ると同時に応援の声を出す部員。つまり
――。

「この漢字は、弓道場で矢が的に中った瞬間を切り取ったもの。珪子さんは、この漢字からそんな情景を見たんじゃないか？」

汗が一滴、香澄の額から流れ落ちるのが見えた。隣では、アキが掠れたような声で「凄い」と呟いている。羽流も口元を覆《おお》い、反論がないことを示していた。

「読み方は」香澄は訴えるように「肝心の読み方にも、目星はついているのか？」

「一応な。アキ、手帳のページを一枚千切ってもいいか？」

この手帳はルーズリーフを挟むリング式なので、千切ったところで破り取った跡は残らない。彼女の快諾を得てから、俺は真っ新なページを一枚拝借した。そこに、自分なりの答えを書き込む。

「響きが男の子っぽい呼び方で、尚且つ切り取られた弓道場の一場面から連想できる読み方。俺の結論はコレだ」

香澄へ、千切った紙を差し出す。受け取った彼は、それを見つめたまま動かなくなってしまった。

そして、

「……うん。いい名前だ。ありがとう」

心の底から納得してくれた様子の彼は、目尻《めじり》に光るものを溜めていた。それを拭《ぬぐ》った時、手に持つメモに書かれた俺の結論が目に入る。

そこには、見慣れた自分の字で『あたる』と記されていた。

●

書道部の部室に戻って約束通り結果を報告した後、今日は解散となった。及川先輩はまだ生徒会の仕事が残っており、香澄はいち早く珪子さんにこのことを伝えるべく先に帰っている。羽流は友人にファミレスへ誘われたそうで、部室に戻るより早く俺達の輪の中から離脱していた。

見上げる夕方の空は夏場に比べると暗くなり始めるのが少し早くなったように感じるが、まだそんな時季ではないので気のせいかもしれない。帰路に生《は》える僅かに色づき始めた街路樹の向こう側を、トンボが数匹横断していった。

「あたる君。あたる君。うん、とってもいい名前です」

自転車を押しながら共に歩くアキは、終始ご機嫌だ。俺の導き出した答えに心底満足してくれているようで、先ほどからニコニコ顔でその名前を連呼している。俺自身、自分で出したこの読み方の解釈は気に入っていた。これも彼女が愛してやまない、言葉の面白さというものなのだろう。

「見事でしたね、肇。成り立ちに着目するなんて、ええと……アレが違います」

「目の付け所、か？」

「それです！」

歩みを止めたアキは、自転車の籠に入っていた鞄から手帳を取り出し、手早くメモを取る。俺は数歩先で、彼女の収集作業が終わるのを待っていた。

「あの名前なら、ご両親もきっと大満足ですよ」

「だといいんだがな」

まあ、やれるだけのことはやったと思う。部外者の俺達にできることは、精々ここまでだろう。後は野となれ山となれ、だ。

「お腹《なか》でも痛いのですか？」

俯き加減な俺の顔を覗き込むようにして、アキが心配そうな目を向けてきた。不意打ちに心臓が高鳴り、慌てて頭を上げる。

「そ、そんなことないけど」

「そう？」彼女は、尚も不安げに「でも、何だか元気がないように見えたものですから」

それは——そうかもしれない。実はずっと、何かが胸の奥で引っかかっているように思えてならないのだ。

「……肇は『あたる』という読み方が間違っていると感じているのですか？」

「いや、違うよ。少なくとも、今の俺にはあれ以上の解答を示せない」

「本当ですか？」

「ああ」俺はまたもや俯いて「ただ、少し妙に思う部分も残っている」

「それは……私が聞かせてもらってもいいことでしょうか？」

彼女は、困り顔で頬をかいた。どうやら、気を遣わせてしまっているらしい。俺は「寧ろ、聞いてくれるとありがたいよ」とモヤモヤしている箇所を吐露した。

「香澄が教えてくれた男の子の両親の名前があっただろ？」

「はい。孝一さんと、珪子さんですよね」

「あれは多分、偽名だ」

「うえぇぁ!?」

余程驚いたのだろう。アキが今までに聞いたことのない声を上げた。

「偽名？　何でそんなことがわかるのです!?」

「幽霊文字と同じ理由だよ。珪子の『珪《けい》』の字も、人名には使えないんだ。おそらくは人偏の『佳』、木偏の『桂《かつら》』辺りと混同してしまったんだろう。利用頻度が少ないはずの『珪』という漢字があのタイミングで出てきたのは、おそらく茶道部の部室が原因だ」

「どうしてですか？」

「和室の壁に塗られる材料の名前は、珪藻土《けいそうど》という。部室内で目にした材料の袋に書かれてある文字を、香澄は無意識のうちに覚えていたんだろう。新しい記憶の方が、咄嗟の時には出てきやすいからな」

「なるほど……」

母親の方が即興で作った偽名ならば、父親の名である『孝一』も真実ではないと考えるべきだ。よって、俺は両親共に偽りの名だと考えている。

「でも、待ってください。単純に香澄が人偏の『佳』や木偏の『桂』と今回の『珪』を間違えてしまった可能性もあるのでは？　肇の言う通り、新しい記憶の方が出てきやすいのですから」

「そうだな。でも、偽名だと断言できる理由は他にもあるんだ」

思えば、最初からおかしかったのだ。何故単なる知り合いのために、彼があそこまで奮闘しているのか。知り合いなんて遠回しな言い方をするくせに、香澄は珪子さんの身に起きた悲劇の内容をやたら細かく把握していた。彼女の人柄について語った時も、まるでよく知る身近な相手のことを話しているように聞こえた。

極めつけは、涙。俺が示した『あたる』という解答を、彼は涙と共に呑《の》み込《こ》んでいた。

俺はスマホを取り出し、密かに調べていた履歴からとあるサイトにアクセスする。

「これを見てくれ」

「何ですか？」

俺の視線の先にあるスマホの画面が、覗き込んだアキのウェーブがかかっているブロンドの後頭部により隠された。彼女はそのまましばし画面を見つめると、不意に「あっ」と声を漏らす。

俺が調べたのは、過去の弓道インターハイの個人戦の結果。香澄は珪子さんの話をした時、自慢するように『インターハイの個人戦で三位に入賞したこともある』と話していた。虱つぶしに見ていった結果、俺は今から約十年前の大会の女子個人三位の欄に、探し求めていた一人の女性の名を見つけている。

「佐村真弓《まゆみ》……香澄と同じ苗字です！」

「ああ。多分、香澄の姉か親戚《しんせき》といったところだろう」

俺と香澄は幼馴染みだが、遊ぶのはもっぱら俺の家だったため、彼の家族構成に関しては正直記憶がうろ覚えだ。ここまで年の離れた姉がいたような気もするが、定かではない。

「珪子さんの本当の名前は、真弓さんだったのですね」

「ああ。この名前を見つけたからこそ、珪子という名は偽名だと断言できる。でも、わからないんだ」

「わからないとは？」

「決まってるだろ。香澄が何で偽名まで使ってこのことを隠したのかだよ」

その理由だけが、いくら考えても出てこない。だから俺は胸の奥に引っかかりを感じているのだと思う。俺の悩みを聞いたアキはというと「あはは！」と一笑に付した。思わず、ムッとなる。

「笑うことないだろ」

「ごめんなさい。でも、肇は変なところで鈍すぎます。こんなこと、私でもわかりますよ」

「えっ？」

アキには、香澄が嘘をついた理由がわかるのか。知っているのなら、教えてほしい。立場は綺麗に逆転して、今度は俺が彼女に解答を求める形となった。

「教えてくれるか？」

静かに問うと、彼女は了承の笑顔を作る。

「香澄はこの謎を持ち込んだ時に『荷が重い話に聞こえるかもしれないが、肇にも気楽に考えてほしい』って言ってましたよね？」

あれはテンションの高いアキを諭《さと》そうとした俺に香澄がかけた言葉だったのだが、どうやら彼女にもしっかりと聞こえていたらしい。

「ああ……つまり？」

「そのままですよ。香澄は私達に軽い気持ちで謎解きに参加してもらえるように『自分の家族もしくは親戚の問題』を『単なる知り合いの問題』に置き換えたのです。血縁関係にある人の子どもの名前を探してくれと迫られていたら、肇だってもっとプレッシャーを感じていたはずです」

「……それは確かに、そうかもしれない」

当事者がその場にいる場合といない場合では、わけが違う。香澄は俺達に伸び伸びと謎解きしてもらうために、尚且つ必要以上に責任を感じないようにわざわざ舞台を整えてくれたのだ。

「肇にも、わからないことはあるのですね」

「当たり前だろ」

「いいことです」アキは微笑み「まだたくさん、知らないことを知ることができます。私と同じですね」

思い出すのは、始業式の日。帰宅前に俺が話した、言葉を知り尽くしてしまったから書をしたためることができなくなったという会話。

勇気づけてくれているのだろうか。車の行き交う車道を背景に佇む彼女は少し照れたように目を細めると、ピンと立てた人差し指を自身の口元に当てる。

「このことは二人だけの秘密にしておきましょう。香澄の粋《いき》な計らいを台無しにしてしまうのは、武士に非《あら》ずというものです」

「……アキは、たまに変な日本語を使うよな」

「変じゃないです。立派な日本語ですよ！」

アキが拳を振り上げ反論したところで、いつも別れているガソリンスタンドの前にさしかかる。「じゃあ、また明日」と自転車に跨《また》がった彼女の後ろ姿が曲がり角の奥へと消えたところで、俺も自分の自転車に乗った。

これにて、幽霊文字の謎はスッキリ解決。そうなるのだろうが——だとすると、未だに取り除けない胸の奥の引っかかりの正体は、一体何なのか。

●

俺の自宅である墨森家の敷地の裏側には、平屋建ての小さな離れが建てられている。母屋が洋風なのに対して、離れは純和風というのが何ともアンバランスだ。内部は小さな玄関とトイレに手洗い、そして押入を備えた八畳の和室という風呂《ふろ》なしアパートのような間取りが広がっている。

ここは俺の書道の才能に踊らされた両親が、祖父母とお金を出し合って建てた書道の練習部屋。実際この部屋では周囲に気遣うことなく思い切り筆を振るえたので、当時はかなり有効活用させてもらった。その証拠に畳や壁、果ては天井に至るまで墨の飛沫《しぶき》による染みが点在している。もっとも、中には黒カビも混ざっているかもしれないが。

かつては天才書道少年が数々の作品を生み出した部屋も、今となっては一高校男児には不相応な城と化していた。実家にいながらにして一人暮らしをしているようなものなので、かなり重宝している。勿論、本来望まれている使い方と異なっていることは承知の上だが。

寝転がりながらスマホで面白そうな動画を漁《あさ》るのにも飽きて、万年床から身を起こす。摑み取った通学鞄を開けて取り出したのは、漆塗りの硯箱。その蓋《ふた》を開けて、俺は溜息を落とした。

中に入っているのは硯や固形墨、文鎮などお馴染みの書道用具。しかし、もっとも大切な大小一対の筆は——中央辺りで、真っ二つにへし折れていた。

これは決して、何者かに嫌がらせをされたわけではない。過去の俺自身が書道に苛立ち、見切りをつけて、力任せに文字通り筆を折ったのだ。

「俺は本当に、また書道をやってもいいのかな……」

筆は消耗品である。でも、これはまだ文字を生み出すことができたものだ。八つ当たりで神聖な道具に手をかけるような人間に、果たしてまた筆を持つ資格はあるのだろうか。

無残な姿のそれに手を伸ばしたところで、玄関の方からカリカリと引っ掻くような音がした。時計に目を移すと、時刻は夜の九時を回っている。こんな時間の来訪者に、心当たりがないでもない。戸を少し開けると、彼はその黒い体を滑り込ませて侵入してくる。

「よう、ボクジュー。久しぶりだな」

ボクジューは、半分野良のような生き方をしている黒猫だ。真っ黒で墨汁みたいなのでうちではそんな呼び方をしているが、もしかすると近辺では同様に『飼っている』という感覚の人が他にもいるかもしれないし、名前だって他にいくつも持っているのかもしれない。

「名前、か……」

不意に思い出されるのは、やはり香澄が持ち込んだ幽霊文字の一件。綺麗に解決できたはずなのに、そのことを考えるとやはりまだ何かモヤモヤとしたものを感じずにはいられない。

思考をそちらに向けることは、皮肉にも折れた筆と向き合うことを先延ばしにするには便利だった。考え、悩み、頭を抱えて畳の上を転がる。そうこうしているうちに、俺はいつしか黒い波が打ちつける白い砂浜に横たわっていた。

自分は今眠りに落ちていて、これは現実ではないと自覚できる夢。最近知ったのだが、こういった夢を明晰夢《めいせきむ》と呼ぶらしい。海の向こうに聳える白い灯台は今日も美しい光を放っていて、俺はこの夢を見る日は決まって墨の海に筆を浸けて文字を書くようにしていた。現実ではまだ書をしたためる勇気を持てないが、この世界ならば自由に筆を振るえる。アキに道を示してもらえたあの日以来ずっとそれを続けているのだが、海の嵩《かさ》は一向に減る気配を見せない。

今日も頑張ろうかと立ち上がったところで、現実世界で思考に没頭していたことを思い出し座り直す。浜辺に指先で、例の漢字一文字を書いてみた。

幽霊文字『彁』に与えた『あたる』という読み方に関しては、アキの前でも公言した通り、俺に出せる最善の答えだったと自負している。だから、この引っかかりは読み方探しの謎解きとは異なる箇所に潜んでいるのだと思う。

帰路でアキに教えられた、香澄が真弓さんに『珪子』という偽名を与えた理由。それは彼らしい気遣いであり、優しい嘘だった。

俺は彼を疑っているのかもしれない。だって、そうだろう。嘘が一つ見つかってしまえば、他にもないとは断言できないのだから。

目的が幽霊文字の読み方を知ることだったのは確かなので、そこに関する部分に偽りはないだろう。嘘が紛れているとすれば、それを包む外側の部分。

迫る出生届のタイムリミット。母親の一時的な記憶喪失。香澄が見せた涙の意味。そして何より——読み方不明の、幽霊のような『彁』という文字。

思考は手の届かないところまで広がる寸前で、カチリと嚙み合い一気に収束する。使用した鍵は――俺の考えうる範囲の中で、もっとも使いたくないものだった。

●

早朝の街は、九月であることを忘れるほどに肌寒かった。俺は夏服で飛び出してきたことを後悔しながら自転車を漕ぎ、学校の門を潜る。駐輪場には、既に自転車がいくつも停《と》まっていた。おそらくは、部活の朝練に出ている生徒のものだろう。

自転車の中に香澄の愛車である黒いマウンテンバイクを見つけると、プールの隣に建てられている武道場へ向かう。中を覗くと、防具一式をつけた男女が朝も早くから大声を上げて竹刀《しない》を振るっていた。若いなぁなんて、高校生らしくもない感想を抱いてしまう。

顔は見えないが、前垂れに書かれている苗字のおかげで香澄を見つけるのは難しくなかった。面の打ち込み練習に励む彼へ手を振ると、すぐに気づいて駆け寄ってきてくれる。

「随分と早起きだな、肇。何か用か？」

「邪魔して悪いな。でも、どうしても話しておきたいことがある。時間をくれないか？」

面越しに見える瞳を見据えて要求すると、彼も何かを悟ってくれたのだろう。先輩の元へ行き頭を下げて防具一式を外すと、すぐに俺の元へと戻ってきてくれた。俺達は武道場を離れて、放課後とは異なり空席ばかりである中庭のベンチに腰掛ける。徐々に高くなったお日様のおかげか、もうあまり寒いとは感じなかった。

「それで、俺に朝練をサボらせてまで話したいことってのは何だ？」

彼は大股《おおまた》を開いて背もたれに身を預け、薄々察しているくせに白々《しらじら》しく尋ねてくる。まずは、昨日の帰路でアキと解いた内容から確認していくことにした。

「珪子さんの名前、偽名だよな。昨日のあれは、真弓さんって人の話だったんだろ？」

俺の追及に対して、香澄は特別驚いた様子もなく「バレたか」と軽く笑う。

「何でわかった？」

「珪子さんの『珪』は、幽霊文字と一緒で人の名前には使えない。それに、ただの知り合いという割に香澄は彼女のことを知りすぎているように思えた。決定打は、弓道のインターハイ女子個人戦の記録に載っていた香澄と同じ苗字の真弓さんという女性の存在だ」

「その情報を言ってしまった時は、自分でもミスったと思ったよ。しかし、流石だな」感服した様子で「佐村真弓は、俺の姉貴だよ」

「香澄、姉さんいたっけ？」

「三人で一緒に遊んだこともあるぞ。小学一年生くらいの頃だけどな」

「全然覚えてないわ」

昔話に花が咲きかけたところで、彼はスッと笑みを消す。そして「嘘をついてすまなかった」と頭を垂れた。律儀すぎて、調子が狂ってしまう。

「それは別にいいんだ。俺達が気負わないでいいよう配慮してくれたんだろ?」

気恥ずかしいのか、俺が尋ねても彼は首を縦には振らなかった。やがて誤魔化すように、ベンチから身を起こそうとする。

「もういいか? 先輩の機嫌を損ねる前に練習へ戻りたいんだが」

「……いや、話はこれからだ」

偽名を使って濁《にご》した人物の正体が彼の姉だったことを責めるつもりはない。それは彼の思いやりだから。しかし、ここからが本題なのだ。

「香澄。お前、まだ嘘ついてるよな?」

彼は他にも、俺達のために真実を濁してくれている。俺の目から逃れるように顔を背けた香澄は、首筋を撫でながら困ったように力なく笑った。

「もうやめておこう、肇」

「そういうわけにはいかない。……最初の疑問は、出生届についてだ」

「肇ッ!」

止めようとする友人を前にしても、俺は語りをやめない。

「自分で調べてみたんだが、出生届の期限は生まれてから二週間。香澄が相談を持ちかけた昨日の時点で、赤ん坊は生まれてから六日目だった。これならまだ、八日の猶予がある。真弓さんの一時的な記憶喪失が回復の傾向にあるのならそこに期待することもできたはずなのに、お前は俺達に『もう時間がない』と幽霊文字を持ち込んできた」

「……八日という日数を『まだ時間がある』と取るか『もう時間がない』と取るかは、人それぞれだ」

「だが、日に日に回復の兆しは見えていたんだろ？　一時的なもので、医者にも記憶を取り戻せると言われていた。それなのに、一週間足らずで俺達に謎を持ち込んだのは何故だ？」

「じっとしていられなかったからだ」

「それは一理ある。しかし、真弓さんと夫で改めて名前を考えるという選択肢もあったはずだ。その方が他人の俺達を頼るより、両親も納得できる名前になるはず。何故それをしなかった？」

畳みかけると、香澄はついに反論をやめた。俺は彼が良かれという思いで隠したもう一つの真実に被された布を摑み取る。

「真弓さんの記憶喪失は、嘘なんだろ？」

芝生を見つめている彼の無言という反応は、俺の推測を静かに肯定していた。

出産の痛みによる記憶喪失。分娩《ぶんべん》中の記憶のみならまだしも、それ以前の記憶諸共《もろとも》というのは、最初に聞いた時から随分と珍しい事例だと感じていた。

しかし、真弓さんが記憶を失っていないならば、今回の幽霊文字に関する謎はそもそも発生しなかったはずだ。だがこうして謎は生まれ、困り果てた香澄が色々と苦労して誤魔化した形で俺達に相談している。

「出産後の彼女は、名前の読み方を聞き出せる精神状態ではなかったんじゃないか？」

難産の末に母親が力尽きてしまったのではないかというシナリオも、一時は考えた。しかし、別段広くもない街だ。知り合いの、ましてや友人の姉の訃報《ふほう》ならば、嫌でも耳に届くだろう。

だから、真弓さんは無事なのだ。無事でなかったのは――。

「……赤ん坊は、生まれて間もなく亡くなったんじゃないのか？」

香澄は歯を食いしばり、芝生を踏みつけるように立ち上がると雄叫《おたけ》びを上げた。そうして頭を抱えると、長身を縮めるようにしてベンチの上にへたり込むように座る。やがて彼は、震える声を絞り出した。

「……お前の言う通りだよ、肇。生まれる前から異常が見つかっていて、医者に覚悟はしておくようにと言われていたんだ。姉貴の産んだあの子の命は、たったの一日しか持たなかった……本当に、よくわかったな」

「提出期限がヒントになった。出生届は二週間の猶予が設けられているのに対して、死亡届は一週間。そして、出生届より早く死亡届は出せない」

「お察しの通り、それが名前決めを焦っていた理由だよ。姉貴は精神的に、子どもの名前に関する話をできるような状態じゃなかった。だから俺は、藁《わら》にも縋る思いで肇達に相談を持ちかけたんだ」

真弓さんが名前を生まれるまで秘密にしていたという部分は、本当なのだろう。香澄は困り果てていて、真弓さんの夫も打つ手がなかった。だから、知ろうとしたのだ。姉が残した二つの名前のうちの一つである、幽霊文字に秘められた想いを。

「肇が解き明かしてくれた『あたる』って読み方、姉貴の旦那《だんな》も気に入ってた。たった一日でも生きたから、あの子は戸籍に名前が残る。もう一つの候補の『音哉』と並べて、検討させてもらうよ。ありがとう。それと……とんでもなく重い話を持ちかけて、悪かったな」

彼は深く頭を下げ、謝罪の言葉を述べる。こんなに辛い状況でも、相手を労《いたわ》る行動を取ることができるのか。

だからこそ、尊敬する。嫉妬《しっと》すら覚える。そして、力になりたいと思える。

俺はいたずらに香澄が誤魔化してくれた情報の一切を踏みにじったわけではない。気づいたことがあるんだ。俺はそれをどうしても香澄に、真弓さんに、亡くなったその子に伝えなければならない。

「……香澄、聞いてくれ。名付けノートに残されていた幽霊文字のことなんだが」

彼の赤く腫《は》れた目が、こちらを捉える。俺は自分の導き出した結論を差し出した。

「あれは、おそらく名前じゃない」

見開かれた香澄の目は微かに揺れて、口からは「え？」と不意を突かれた声が漏れている。彼は俺の肩を掴み、強く揺さぶった。

「名前じゃないって……どういうことだ!?」

「落ち着いてくれ。ノートと一緒に、命名に関する書籍が出てきたんだろ？　ああいう本には、人名に使える漢字の一覧が記載されているものだ。真弓さんが香澄の言う通り抜けているところのある人だったとしても、そんなミスを犯すとは思えない。それに、読み方が書かれていた『音哉』があるのに対して、幽霊文字の方は漢字のみだったというのはやはり変だ」

「だったら、あの不可解な文字は一体何だっていうんだよ？」

「名前だよ」

ただし、

「現世の名前ではなく、死後の名前。あれは、戒名《かいみょう》に使いたい文字として選ばれたものなんじゃないかと思うんだ」

幽霊文字『彁』は、法律上人の名前に使用することはできない。だが、死後の世界には法律も何もない。名前に関する一切の制限は取り払われる。

「医者に産む前から覚悟をしておくよう言われていたのなら、両方を考えていた可能性はあると思う。つまり『音哉』が生きている間にこちらの世界で使う法律に則《のっと》った名前で、幽霊文字は向こうの世界へ旅立ってしまった場合に戒名へ含めたい漢字一文字なんじゃないだろうか」

生まれてくる以前から、死後の名前を考える。それは、どれほど辛いことなのだろう。どれほど悔しいことなのだろう。俺には、想像することもできない。

「そうか……戒名か」

呟くように言い、香澄は僅かに頬を緩めた。ここまで口出しをした以上、俺も最後まで説明を続けさせてもらう。

「戒名は宗派によっても異なるが、基本的に三文字の『院号』、二文字の『道号』、二文字の『戒名』、二文字の『位号』からなる。全てをひっくるめて戒名とされることも多いが、正確に言うと戒名とは二文字だけなんだ」

俺は立てた四本の指を一本ずつ折りながら、言葉を連ねる。

「最初の院号、次の道号には、性格や趣味が反映されることが多い。今回の場合、この辺りは考えようがないな。最後の位号に関しては、亡くなった歳《とし》で与えられる文字が大体決まっている。赤子の男児の場合は『嬰子《えいじ》』だ。自分で考えた文字を入れ込める場所があるとするならば、戒名の二文字の部分」

「……そこにならば、あの幽霊文字を置けるのか？」

「ああ。一般的には生前の名前から一文字。もう一文字は、好きな言葉を置くとされている。戒名の読み方は例外なく音読みだから、ノートに残された幽霊文字には読み方が書かれていなかったんだ。全体のバランスを見て、与えられている読み方である『カ』か『セイ』のいずれかが採用されることになると思う。戒名はお寺で作ってもらうことになるだろうから、そこへ一文字だけ入れ込んでほしいと頼むつもりで、あの漢字を書き記していたんだろう。生前の情報がない赤子の戒名決めは難しい。お寺の人も漢字の提示はありがたく思ってくれるはずだ」

以上が、必死に考えて調べて纏めた結論。俺にできることなんて、これくらいのことしかない。

「向こうの世界で使う名前、か」

香澄は俺に背を向け、涙声で尋ねてくる。

「あの子、気に入ってくれると思うか?」

「気に入るさ」俺は、せめてもと断言する。「母親が必死に考えてくれた名前なんだから」

彼は頷くと、そのまま振り返ることなく武道場の方へ戻っていった。その背中を見送った後、長い溜息をつく。俺のしたことは、果たして正しかったのだろうか。香澄のために、真弓さんのためになったのだろうか。

——亡くなったその子の救いに、少しでもなれたのならいいのだが。

「……肇」

声をかけられた。誰もいないと思い込んでいたこともあり、驚いた俺はベンチから転げ落ちる。打ちつけた腰を押さえながら立ち上がると、渡り廊下の柱の陰《かげ》からようやく最近見慣れたものになりつつあるブロンドの髪が覗いていた。

「アキ」

叱《しか》られた子どものように、彼女はスカートの裾をギュッと握り締めている。困ったことに、全て聞かれてしまったようだった。

●

隣で、アキが泣いている。

俺の目も憚らず、幼子《おさなご》のように躊躇《ちゅうちょ》なく、ただただ、悲しいからわんわんと涙を流している。いつの間にかできなくなってしまったその感情表現を行える彼女を、俺は人知れず羨ましく思った。

一頻《ひとしき》り泣くと、アキは鼻を啜《すす》りながら真っ赤になっている目元を尚も擦る。

「私は酷い人間です。香澄はあんなに大変だったのに、遊び感覚でした。合わせる顔がありません」

「それは香澄が望んだことだ。気負ってほしくないから、わざわざ嘘をついていたんだ。香澄のその考えを解き明かしたのはアキだろう？　だから、何も悪くない」

「でも、事実は事実。もう私には、日本語を楽しむ資格がないのかもしれません」

資格……か。

「それを言うなら、俺にはもう書道をやる資格がない」

「……何故そんな話になるのですか？」

「硯箱の中から、こんなものが出てきたんだ」

そう言って通学鞄から取り出したのは、真っ二つにへし折れた大筆と小筆。別にどうしたいというわけでもないのに、鞄に突っ込んで持ってきてしまっていた。

「書道をやめた時、俺自身が折ったんだ。大切な道具にこんなことをする奴に、書道をする資格はないと思わないか？」

自嘲しながら問うと、アキは涙を拭った後に「貸してください」と俺の手から筆を取った。そして、くの字に折れ曲がっている箇所を無理矢理戻すと絆創膏《ばんそうこう》をぐるりと巻きつける。

「これで、まだ使えます。肇には書道をする資格がありますよ」

俺は受け取った二本の筆を太陽に翳《かざ》す。……参ったな。先ほどまでゴミ同然だったものが、一瞬で宝物に変わってしまった。

「なら、お礼に俺もアキには日本語を楽しむ資格があると断言するよ」

「そんなの、理由がないと納得できません」

「つれないこと言うなよ」俺は少しだけ言い淀《よど》み「最近、また言葉が面白いと思い始めてきたところなんだからさ」

少しずつ、校門を潜る生徒が現れ始めた。早朝のふわふわとしている不思議な時間は、どうやら終わりが近いらしい。

「幽霊文字の読み方探し。楽しかっただろ?」

「はい」

「だったら、それでいいじゃないか。俺達はきっと、あの子の名前を一生忘れない。それだけで、きっとこれからも言葉を楽しんでいい理由になると思う」

少々強引すぎただろうか。アキは顔にかかった前髪を指先で掻き上げながら「一生忘れない……」と呟く。記憶は体験と根強く絡み合う。だから、覚えておくことは難しくないはずだ。

アキは手帳を開き、幽霊文字『彁』を何度も書き記す。平仮名で『あたる』と、幾度となく刻みつける。

「あたる。あたる。忘れません。絶対に……」

零れる涙がページを濡らす。でも、俺はこの時まだわかっていなかったのだ。

その涙が意味する、彼女の本当の胸の内を。

●

あくる日の放課後。

気まぐれに弓道場を覗くと、部員達が凜々《りり》しい顔つきで射場に立ち、的と向き合っている。見学人は俺だけではなく、長身で短髪の先客がいた。

「よう、香澄」

「おう」

俺達は短い挨拶を交わして、射場へと揃って視線を戻す。

「その後、どうだ？」

恐る恐る尋ねると、彼は「まあ、ぼちぼちだ」と答えた。射手を見つめる香澄は、一体何を思っているのだろう。当事者ではない俺に、その心情を読み取ることは難しい。

「戸籍に残す名前、『音哉』をやめて平仮名で『あたる』にしたよ。姉貴がすっかり気に入ってな」

「……そうか」

自分の考えた案が正式に採用されたことを、俺は少しだけ嬉しく思った。

名前とは、生まれてくる子へのプレゼント。とびきりの愛が詰まった、他に類を見ないほどに美しい言葉だ。ほんの僅かしか生きられなかったあの子が、それを抱えて天国へと旅立つ手助けをできたというのなら、首を突っ込んでよかったと感じる。

「いい名前をありがとな」

はにかむ香澄に、俺も笑い返す。

もう少しだけ落ち込んだら、前を向こう。目的を見定めて、生きていこう。それはきっと、的中を意味する名前を生前と死後の両方に与えられたあの子への餞《はなむけ》になるはずだから。

射場の男子が、矢を番えた弓を打ち起こす。彼はそれを目一杯引き分けて矢が口の高さにくるまで下ろし——刹那《せつな》、放った。

風を切る矢が、遠く離れた的に彍《あたる》。俺は小さく「よし」と呟いた。

三話　黄昏《たそがれ》を消して

誰かに何かを伝えるために存在するのが、言葉というもの。しかしながら、中には意図的に伝わりにくく細工されている場合もある。いわゆる、暗号だ。

解読法を知っている受け取り手以外は読むことの敵わない、秘密のやり取り。国家クラスの極秘の情報伝達では今でも必要不可欠かもしれないが、俺達の身近で暗号に触れる機会など、せいぜいなぞなぞくらいである。

一方で、捉え方を変えれば暗号は近くにあるのかもしれない。知らない国の言語を理解することは難しく、また日本人同士でも訛《なま》りのキツい方言はその地方の人でなければなかなか伝わらない。手旗信号やモールス信号は、知名度こそ高いものの扱える人が多いかと問われるとそんなことはなく、俺達が何気なく使う若者言葉を理解できない暗号のようだと感じる大人も少なくはないだろう。

観点を変えてみると、俺達は日々暗号に囲まれて暮らしているのかもしれない。

そして、どんな暗号も言葉と同様に、誰かに何かを伝えるために存在している。

「では皆さん、張り切っていきましょう！」

及川先輩の呼びかけに元気よく「おー！」と答えたのは、残念ながらアキだけだった。俺は控えめに「はい」と頷き、羽流に至っては「へいへい」と軽く受け流している。

つむじ風に攫《さら》われる落ち葉が邪魔だなんて風情のないことを考えているうちに暦《こよみ》は十月へと切り替わり、冬服への衣替えが終わって間もない本日、深根川高校は皆が待ち望み準備に励んできた学園祭当日を迎えていた。

学園祭といえば、心の奥底に溜まっていたエネルギーをここぞとばかりにぶつける者も珍しくない、青春がもっとも輝きを増すイベントの一つだ。実際、うちの学園祭も所々に力の籠《こ》もった店や出し物が見受けられる。校門に作られた龍をモチーフにしているゲートはかなり手が込んでいるし、中庭は夏祭りのように火を扱う屋台が軒を連ねている。各教室の出入り口には客を一人でも多く呼び込むための装飾がなされ、そこかしこから明るいざわめきが聞こえてくる。

ならば俺達も青春を謳歌《おうか》するべきなのだが、成り行きでそういうわけにはいかなくなってしまった。

ことの発端は、約一週間前にまで遡る。

●

その日の放課後。部室を訪れた及川先輩は、半分抜け出ている魂を引き連れながらそんな言葉を口にした。

「廃部になるかもしれない」

「はあ……何故ですか?」

「私が生徒会書記の立場を利用して部員数を水増ししているのがバレたの」

そういえばこの人、結構危ない橋を渡っていたんだっけ。完全に身から出た錆《さび》なので、気の利いた言葉一つ浮かんでこない。別に書道自体は道具さえあればできるので、書道部という括りにこだわる必要は正直あまりない。とはいえ、この部活動という存在にも俺は少なからず背中を押してもらったのだ。切り捨てるほど薄情者ではない。

「それで、廃部は免《まぬが》れられないんですか?」

「その点については、僕から話をさせてもらおう」

俺の疑問を受け取り部室に入ってきたのは、七三分けの黒髪に四角い眼鏡という、見るからに堅物そうな男。上履きの一部が青色なので、及川先輩と同じ二年生の先輩にあたる。

「アンタ誰？」と、羽流が挑発的な態度を取った。僅かな期間でこの部室は彼女が寛《くつろ》ぐには持って来いのスペースと化しているので、失うのは惜しいと思っているのだろう。突如割り込んできた男を敵とみなし、威嚇している。

「お初にお目にかかる。生徒会長の石動玄《いするぎげん》だ」

「あ、生徒会長さんっすか。へへっ、どうもどうも」

臨戦態勢に入っていた羽流は、相手が権力者だとわかるや否や、手をすり合わせながら愛想笑いを滲ませる。見事なまでの、長いものには巻かれろっぷり。巨悪を前にひれ伏す小悪党のようだ。

「キミが墨森君だな」

唐突に石動先輩から名を呼ばれて、俺は少し緊張しながら「はい」と答える。

「知っているぞ。書道の天才だそうじゃないか。キミの実力なら、次の大会で必ず大きな賞が取れると及川から聞いている。勿論結果を出してくれた暁には、人数不足による廃部は撤回しよう」

それは及川先輩が俺をしつこく勧誘していた時に狙っていた、部の存続方法。しかし、今の俺は未だに筆すらまともに握れていないスランプ状態。入賞どころか、作品を書き上げることもままならない。

及川先輩が「頷いて」というアイコンタクトを送ってくる。ここで嘘をつけば一時的に存続することはできるだろうが、迎える末路は変わらない。それに、俺はもう書道に対して不誠実な態度は取りたくなかった。

「石動先輩、それは無理です。俺はスランプ中で、好成績を残せるような字を書ける自信は今のところありません」

嘘偽りない本心を伝えると、彼は「正直者だな」と微笑み眼鏡の奥にある目を及川先輩へ向ける。視線を泳がせている彼女は、照準を俺から外して今度はアキに狙いを定めた。

「石動君。ほら見て、うちでは遥々アメリカから来た子が日本文化である書道を習っているの。国際交流って、大切なことだと思わない？」

石動先輩は、その鋭い視線をアキへ移す。彼女は及川先輩の手助けをしたいと思ったようで「ジ、ジャパニーズショドー、ビューティフォー」と似非《えせ》外国人のような片言で書道を褒め称えた。

「国際交流か。それは素晴らしいことだ」

あれで納得するのか。教育上よさそうなことに関して、石動先輩は寛大な心をお持ちのようだ。

「しかし、だからといって全てが許されるわけではない」

おっしゃる通りで。やはり廃部は回避できないのだろうかと考えると、及川先輩の嘘に

乗らなかったことを少しだけ後悔した。恨めしい視線が飛んできそうなので、先輩の方を見ることができないでいると、

「ここは一つ、賭《か》けをしないか」

全生徒のトップである生徒会長の方から、まさかの博打《ばくち》の提案がなされた。

「賭け……ですか？」と、俺。

「ああ。及川、書道部は今年も作品集を刷って販売するんだったな？」

「ええと、はい」

「去年の実売は何部だった？」

「百万部」

この状況で、よくそんな虚勢を張れるものだ。

「すぐにバレる嘘をつくな」

「うっ……二十部くらいだけど」

「では、こんなのはどうだ？」石動先輩は指を五本立てて「今年の学園祭で五十部を完売したら、特別に廃部はもう三ヵ月待ってやろう」

なるほど。無理やり潰すのではなく、チャレンジした上で失敗すれば後腐れもなくなるといったところだろうか。

深根川高校の生徒数は約五百四十人。閉鎖的な学園祭ではなく、外部からの客の受け入

れに制限はない。生徒の家族は勿論、他校生でも近所の老人や子どもでも、誰でも立ち入ることができる。

そこを加味しても、五十部という数字は非現実的なように思えた。強豪でも何でもない廃部寸前の書道部の作品集を欲しがる者など、そうそういるものではないのだから。

「先に言っておくが、値段を極端に安くするのは禁止だ。当然、身内や知り合いに買い占めてもらうのも禁止。正当な方法で結果を示して見せてくれ」

俺の心の中にパッと思い浮かんでいた卑しい方策を涼しい顔で切り捨てた後、彼は「どうする？」と尋ねてくる。

「やってやりますよ！」

声を上げたのは、及川先輩……ではなく、アキ。彼女は鼻息を荒くして「賽は投げられました！」と少し難しい日本語を披露する。それに触発される形で、及川先輩も「やる！見てろよこの四角眼鏡っ！」と石動先輩を挑発した。

「ほほう、面白い。楽しみにさせてもらおう」

こめかみの辺りに浮き出た血管をピクピクさせながら、石動先輩は踵を返して部室を出ていく。その後ろ姿に及川先輩は「二度と来るな！　へなちょこ七三分け！」と暴言を吐いていた。

若干おかしなテンションになっているのはわかるが、彼女は生徒会の書記だ。今後もしよっちゅう顔を合わせる相手に、そんな態度を取っていいのだろうか。

ということで、俺達は学園祭をただ楽しめばいい立場ではなくなってしまった。

●

そんなわけで、今日に至る。

書道部が割り振られた場所は、一階の図書室。当然図書室全部を俺達だけで自由に使えるわけではなく、創作物の販売場所として文芸部、漫画研究部、ミステリー評論部などが図書室に纏められているのだ。

各部が等間隔に距離を置いてブースを設営して、校内放送により通達される学園祭開始の合図に備えている。

我らが書道部のブースには『〇〇年度　書道部作品集』というあまりにも無難なタイトルをつけられた冊子が五十部山積みにされている。周りの部と比べてもその部数は明らかに多く、ひそひそと小馬鹿にしてくるような声も他ブースの方から聞こえてきていた。

栄えある表紙を飾っているのは、俺が昔書いた書道作品。それをスキャンしてパソコンに取り込み貼りつけてある。本心を言えばあまり過去の作品を持ち出したくはなかったのだが、そこを拒むと俺が協力できることなど何もなくなってしまうため、今回は渋々承諾したのだ。

「制作中は尋ねる暇がなかったのですが、これは何と読むのですか？」

アキが表紙に印刷されている大きな文字を、指先でなぞりながら尋ねてくる。確かに制作に手こずりバタバタしていたので、俺も自分の担当ページ以外はあまり目を通せていない。

「それは『有頂天《うちょうてん》』と読む。嬉しさのあまりに舞い上がり、周りが見えなくなっているような状態。喜びの最上級みたいなもんだ」

「ふむふむ」

常に携帯しているメープル色の革張り手帳にメモを取りながら、アキは過去の俺が書いた『有頂天』を見つめる。不意に俺の方へその青い瞳を向けると「素敵ですね！」と可愛いえくぼを見せてくれた。喜んでもらえたのなら、嫌々でも引っ張り出して載せた甲斐があったというものだ。俺自身も、我ながらいい字だと思う。

――またいつの日か、こんな字を書ける時が来るのだろうか。

「めんどくせー」

ノスタルジックな俺の思考を打ち破ったのは、開始前から机に突っ伏してだらけモードに突入している羽流。コイツは何かと理由をつけて冊子制作をほとんど手伝わなかったので、学園祭中だけは縛りつけてでもこき使うつもりでいる。

「まだ始まってもいないだろ」

「でもさー、どうせ売れないって」

皆薄々気づいていることを、躊躇《ためら》いなく言ってくれるな。一番上の冊子を取りパラパラと捲り始めた羽流は、とあるページで手を止める。何気なしに覗き込むと、そこにはアキの書いた『南瓜《かぼちゃ》』という作品が掲載されていた。お世辞にも上手いとは言い難《がた》いが、南瓜の丸々とした印象が伝わってくる面白い字だ。

「ねえ、アキ」羽流がページ内を指し示して「ここ変じゃない？」

「変とは失礼ですね！　それは私がいっしょ……いっ……？」

「一生懸命か？」

俺が救いの手を差《さ》し伸《の》べると、アキは「それです！」と言葉を掻《か》っ攫《さら》った。気にするほどのレベルではないが、スラスラと出てこない日本語はまだまだあるようだ。

「その『南瓜』は、私が一生懸命書いた作品です！　変ではありません！」

「あー、そうじゃなくって、ここ。書いた文字の説明文の方」

掲載している各作品には書こうと思った理由、こだわり、想いなどをパソコンで打った文章が添えてある。羽流が指摘したのは、その説明文についてのこと。俺とアキ、そして及川先輩が揃って覗き込むと、『自信』と書くべき箇所が『自身』になっているという初歩的なミスがそのまま印刷されていた。

「ああ、ごめんなさい！」と、アキが眉をハの字にする。文章チェックは各自自分の掲載ページしか行っていなかったので、日本語の扱いが完璧ではないアキのページの確認を怠った俺と及川先輩の責任でもある。それに、こういった細かいミスはプロの作家や編集者、校閲者ですら見落とし、そのまま出版されてしまうこともままあるのだ。こればかりは付き物だと思うしかない。

とはいえ、ミスを知りながら販売するというのも心苦しくはある。そんなことを考えていた矢先、及川先輩がフフフと悪だくみする魔女のような笑い声を漏らした。

「こんなこともあろうかと思って」

彼女が取り出したのは、人数分の修正ペン。誤りが見つかった場合に備えて、持ってきていたそうだ。仕上がりの美しさはやや損《そこ》なわれてしまうが、ミスがあるまま売りつけるよりはいいだろう。

五十部の修正を急ピッチで済ませた頃、学園祭の開始を告げる放送が響いた。はてさて、何処まで健闘できることやら。

●

完売しました。

その夢のような言葉が書かれたスケッチブックが置かれているのは、驚くことに書道部のブースの机の上。学園祭が始まって、僅か一時間後のことだ。

「……な、何があったんだ？」

啞然《あぜん》として尋ねる俺を前にして、売り場に座っているアキと及川先輩はホクホクとした笑顔を浮かべている。

廃部危機に直面しているとはいえ、高校時代にたったの三度しか味わえないイベントだ。楽しまないのは損であり、ブースに四人で残る必要性もない。なので二人一組で一時間ごとに交代することにして、開始後最初の一時間は俺と羽流が暇をもらって校内を見て回っていた。この完売騒動は、俺達が抜けたその間に起こったということになる。

口火を切ったのは、及川先輩。

「アキさんのおかげで、開始直後から目を留めてくれる人は多かったの」

日本人だらけの空間にブロンドを持つ異国の少女がいるのだ。それだけで、下手な飾りつけよりも余程人目を引くだろう。アキは興奮した様子で、及川先輩の説明を引き継ぐ。

「興味を持ってくれたおじいさんが、表紙に載ってる『有頂天』が肇の作品だってことに気づいたのです。それが広まったようで急に人が増えて、最後はもう奪い合いでした！」

それは喜べばいいのか、困ればいいのかわからない。人だかりができれば興味を惹かれるのが人の性《さが》。全員が全員書道が好きだから買ってくれたわけではないのだろうが、完売という結果をもたらしてくれたのなら万々歳だ。

　まさかの開始一時間でノルマ達成。図書室の片隅では、様子を見に来た生徒会長の石動先輩が「そんな……こんなはずでは」と青白い顔でぼやいている。書道部は、とりあえず三ヵ月間の延命を手に入れた。

　商品を売り切りさっぱりとしている机の上に、羽流が弓道部の射的の屋台で大量に落としたお菓子入りの袋を置く。そして、亀《かめ》のように首をにゅっと伸ばして及川先輩に顔を近づけた。

「先輩。一冊いくらで売ったんだっけ？」

「えっと、三百円だね」

「てことは、五十部で一万五千円の儲《もう》けってこと？」

「まあ、紙もプリンターも学校の備品を使ったから、そうなるかな」

　制作をサボった羽流を抜いた三人で山分けしたとしても、一人の取り分は五千円。こうして結果に現れると、案外悪くない報酬だ。

「急いで追加分を刷ろう」

　頭の中で電卓を弾《はじ》いていたところ、羽流が何となく予想していた提案を口にした。そういえば、課金ガチャで爆死した画像を先日ＳＮＳに上げていたっけ。ビジネスチャンスと悟るや否や、調子のいい奴だ。学園祭開始前に『どうせ売れない』と愚痴っていた人間の台詞だとは、とても思えない。

学園祭は始まったばかり。時刻はまだ午前十時であり、終了時刻は午後四時となっている。早々に切り上げすぎるのもよくないだろうし、学園祭は明日も続く。どのみち、何か売るものは必要になってくる。

「あと五十部は確実に売れるって！」

自信満々の羽流が、初版と同じ数字を提案する。印刷と製本時間を合わせても、昼には間に合いそうだ。売れ行きがこれほど好調ならば、欲が出るのが人間というもの。ここは彼女の口車に乗るとしよう。

及川先輩が椅子から勢いよく立ち上がり、部長として指示を出す。

「追加分の作成は、私と羽流ちゃんでやる。優秀な売り子であるアキちゃんと、売り上げの根源である墨森君はこの場に残しておいた方がいいでしょう」

客寄せパンダ的な扱いに内心ムッとしないでもないが、眼鏡の奥に見える及川先輩の目に¥マークが見えたので、口答えはしないことにした。同じ目をした羽流が「一冊五百円に値上げしよう」と提案すると、先輩も「ナイスアイデア！」と乗っかる。もう好きにすればいいさ。

「では、留守番よろしく」

敬礼ポーズを決めた羽流が、及川先輩と共に図書室を後にする。売るものが何もないブースには、俺とアキの二人だけが残された。

●

「一緒に見て回らないか？」

上ずったその言葉が俺の口をついたのは、売るもののないブースで置物を演じて十五分ほど経った頃だった。暇を持て余していた隣のアキは、偉いことに早くも月末の中間テストへ向けた勉強に着手している。悪いとは思いつつも誘ってみたところ、彼女の体はそわそわと少しずつ落ち着きがなくなっていった。

「駄目ですよ。ちゃんと留守番してないと」

だが、彼女は律儀にも言いつけを守る方を選び、ノートにペンを走らせる。ならばと俺はスケッチブックを手に取り、油性マジックで一筆したためた。

《書道部作品集　昼過ぎ頃、再入荷予定》

それを千切り取り、卓上にセロハンテープで貼りつける。

「これで問題ないだろう。売り上げは持ち歩けば盗まれることもない」

俺の提案に対して、アキは唇に人差し指を添えて「んー……」と可愛らしく考える素振りを見せる。最終的には笑顔で「そうしましょうか」と勉強道具をしまい、席を立ってくれた。

校内はこの一時だけ学び舎《まなや》であることが忘れ去られ、祭りの場として華やいでいる。廊下で段ボール製のロボットとすれ違い、お化け屋敷《やしき》の看板が掲げられている教室からは何故か笑い声が漏れている。大ホールではブレイクダンスのショーが行われていて、窓の外では誰が仕込んだのか、大人数によるフラッシュモブが始まっていた。

中庭の屋台で買ったフライドポテトを摘まむと、加減知らずの塩辛さが目に染みる。それでも美味《おい》しく思えるのは祭りの空気のおかげであり、隣に彼女がいるからでもある。

「なあ、アキ」

声をかけると、自分が頼んだ苺《いちご》と生クリームのクレープができる過程を見守っていたアキが「何ですか？」と顔を向けずに言葉を返す。

俺は彼女に告白したい。その衝動は常日頃から比較的短い間隔で押し寄せてくるのだが、その大きな一歩が踏み出せないのには明白な理由がある。彼女が求める愛の告白のハードルが、霞むくらいに高いから。

『月が綺麗ですね』というあまりにも有名で、あまりにも美しく、あまりにも完璧な、好きを意味する言葉。それを超える告白の言葉を見つけ出そうと誓って、早いもので一ヵ月。未だその片鱗すら摑めそうな気配はない。

愛だの恋だのという言葉をそのまま用いては、ありがちな形にしか落ち着かない。かといって、それらに頼らなければそもそも告白として認識されない可能性がグンと上がる。少女漫画で見られる歯の浮くような台詞はまた違うだろうし、過去の文献に頼ろうと古い言葉を引っ張り出したところで、アメリカ人のアキにはその意味を訊き返されてしまうだろう。

「肇、何か用があったんじゃないのですか?」

名前を呼んだきりだんまりを貫いていた俺に痺れを切らした彼女が、ムスッとした顔で睨んでくる。正直に言えば名を呼んだのもただ何となくであり、特別伝えたいことがあったからではない。どう取《と》り繕《つくろ》ったものかと焦りながら視線を泳がせていると、周囲の喧騒の中に紛れている一風変わった声を耳が捉えた。

笑い声や会話とは異なる、語気の強い女性の声。

これはおそらく……喧嘩だ。

人の波に目を配ると、発信源らしき女子の姿はすぐに見つかった。

「あれ、止めた方がよくないか?」

俺が示した方向へ、アキは膨《ふく》れっ面《つら》で視線を移す。その先では、中学生くらいと思しき男女が、周囲の目も憚らずに言い争いをしていた。

「何で今更そんなこと言うの? 信じらんない! 何、文句ある? 悪いのは直人《なおと》の方じゃん!」

耳を澄ますと、口論というよりは女の子の方が一方的に詰《なじ》り倒しているようだ。直人と呼ばれていた男の子はやがて押し倒されてしまい、そこへ彼女はスイカ割りの如く持っていた杖《つえ》を振り被った。堪らず、割り込んだアキが「そこまでです！」と仲裁に入る。

「え、だっ、誰っ⁉」

「怪しい者ではありません。そもそもアナタが熱くなりすぎるのが悪いのであって……あれ？」

アキは感じ取った違和感により、始めたばかりの説教を早々に中断した。気になっているのは、おそらく女の子の視線。

国の違いが出るのはやはり顔立ちであり、日本に来てからというもの、アキは顔へ視線を浴びることが多かったはずだ。初対面であれば、尚更である。

しかし、目の前の少女はただの一度もアキと目を合わせない。彼女の方を向いてはいるが、視線は鳩尾《みぞおち》の辺りで固定されている。その理由を悟るのは難しくなく、アキも気づいたようだ。

彼女は自身が摑み止めている杖を見る。その色は――白。

『ヒカリは目が見えないんです』

事情を説明したのは、機械的な音声。発信源は、男の子の持つスマホ。彼は俺達が問うよりも早く、慣れた手つきでこれまでに何度も打ち込んだのだろう文章を入力して、読み上げアプリを介して伝えてくれた。

『そして、俺は耳が聞こえません』

●

男の子の名前は杉並《すぎなみ》直人。聾学校《ろうがっこう》に通う中学二年生。生まれつき音が一切聞こえないという、重度の先天的聴覚障害を持っている。

女の子の名前は草壁《くさかべ》ヒカリ。盲学校に通う中学二年生。病によって視力をほぼ失い、今は光を微かに感じ取ることしかできないそうだ。

「というか、何故中学生がうちの学園祭で売る側に回っているんだ？」

客として来ているならわかるが、彼らは芝生の上に敷物《しきもの》を広げて商品を並べている。営業許可を取っていない露店商人のようなものなら、先生に報告した方がいいのかもしれない。

「ご存知ないんですか？」声を発したのは、ヒカリちゃん。「深根川高校の学園祭には、校舎が新しくなる以前から毎年、私の通う盲学校と直人の通う聾学校も参加させてもらっているんです」

それは恥ずかしながら初耳だった。前日に配布されていた学園祭の案内マップを確認すると、確かに二階の地学室が彼女達の学校のスペースとして開放されている。

「これは失礼。でも、だったら何故地学室ではなくこんなところに売り場を作っているんだ？」

「それは……」

言い渋るヒカリちゃんに代わり、直人君がアプリの読み上げ音声で答える。

『売れ行きが悪いから場所を変えよう、とヒカリが言い出したんです。勝手なことをしてすみません』

「でも、直人も賛同してくれたじゃん！」

『渋々だっただろ』

子どもじみた言い合いは、何とも中学生らしい。とは言っても、俺も少し前まで中学生だったわけだが。

「まあまあ」と、アキが仲裁に入る。

「先生に言いつけたりするつもりはないので、安心してください。ね、肇？」

「別に悪いことをしているわけでもないからな」

「それよりも」アキは一変、険《けわ》しい顔つきになり「さっきの喧嘩の原因は何だったのですか？」

彼女の叱るような口調を前に、直人君はスマホに文字を入力し始めた。耳は聞こえていないが、唇の動きを読むことで俺達の言葉をある程度認識しているのだろう。彼の入力作業を待たずして話し出したのは、ヒカリちゃん。

「直人が今になって、この小説はまだ未完成だなんて言い出したんです！」

口調こそ怒ってはいるが、直人君が唇を読みやすいよう口を大きく動かして発言している。喧嘩するほど何とやらなのだろう。そもそも、仲が良くなければ高校生の屯する中を二人きりで行動するはずもない。

彼女の言う小説とは、敷物の上に商品として二十冊ほど並べられているこの本のことを示していると思われる。二人が書いたものなら驚きだが、身体的ハンディキャップを抱えていても創作を行う人なんてごまんといる。別に珍しいことではないのかもしれない。俺は興味を持ち、一冊手に取ってみた。

大きさは文庫本サイズ。厚みから推測するに、ページ数は百に届かないくらいだろう。カバーは安価に仕上げるためなのか、そういう色合いがしっくりくるという判断なのかは不明だが、海辺の街を高台から写したような風景写真がモノクロで印刷されている。

タイトルは『黄昏を消して』。作者にはヒカリちゃんと直人君両名の名前が連ねられているが、中身はそれぞれが書いた二作品が収められているわけではなく、タイトルになっている『黄昏を消して』一作のみ。この作品は、二人の合作ということなのだろう。

「未完成なのか？」

流石にこの場で読破して確かめるわけにもいかないので、俺はヒカリちゃんに倣って口を大きく動かし、直人君に尋ねてみる。彼はバツが悪そうに顔を背けると、スマホを介した機械音声で『はい』と答えた。

「ほら！　目の見えない私じゃ気づかないからって、変に文章を弄って失敗したんでしょ！」

捲《まく》し立てるヒカリちゃんに直人君も反論を試みるが、入力スピードが人の話すスピードに追いつくのは難しい。

「こらっ」と、アキが彼女を叱る。「決めつけるのはよくないですよ」

「でもさっき、直人本人から『文章を相談せずに変えた』って聞いたんです！」

「え、そうなのですか？」

アキが振り返るより早く、彼はスマホに文字を打ち込んでいた。

『これは合作だ。俺にも手を加える権利はある』

「確かに、この小説は直人が手伝ってくれなきゃ絶対に作れなかったよ。でも、文章を変更するなら相談してくれてもよかったじゃん！」

『ヒカリは怒りっぽすぎる。もうちょっと俺の話を』

「バーカバーカ！　直人のアホー！」

堪忍袋の緒が切れたのか、スマホを放り投げた直人君が両手を前に出す。摑み合いでも始めるつもりかと止めに入りかけたところで、それは俺の早とちりであったことに気づかされた。

彼が取った行動は、手話。身振り手振りで意思を伝える、声を失った人や耳の聞こえない人が用いる言語である。決められた短い動作で意思や感情を伝えられる手話ならば、俺達が日常で喋《しゃべ》るスピードとも遜色ない。

問題は、それを会得している人が極端に少ないことだ。

手話で畳み掛けるように話しているが、目の見えないヒカリちゃんには当然伝わるはずもない。彼もそのことは重々承知の上なのだろう。

俺は仕方なしに『黄昏を消して』を元の場所に戻し、両手を自由にした。

「その辺にしとけ」

口に出しながら、短い手話を披露する。それを見た直人君は、しばし呆然《ぼうぜん》とした後に砂漠でオアシスでも見つけたかのような顔で瞳を輝かせた。まるで、探し人にようやく出会えたかのように。

『お兄さん、手話できるんですか⁉』

飛び跳ねるような手の動きや表情から、感情がダイレクトに伝わってくる。話せる人と出会うこと自体が稀《まれ》な世界だからなのだろう。怒りなど忘れてしまうほどの喜びが押し寄せてきているようだ。

一方で俺は、後ろめたさで押《お》し潰《つぶ》されそうだった。俺が手話を習ったのは、彼のような人達の声を聞くためではない。書道の足しにするために、言葉が絡むものにならなら節操なく手を出していた時期に身についた副産物だ。あくまで日本語の一つの形という認識で齧《かじ》っただけ。だから、彼に胸を張って披露していいものではない気がする。

「少しだけね」

返事に手話を添えると、直人君は一層喜んでくれた。一方で状況のわからないヒカリちゃんは「ちょっと、無視しないでよ！」と白杖を振り回している。

この二人は、一旦引き離して落ち着かせた方がいいのかもしれない。俺がアキへ視線を投げると、彼女も大方似たような結論に至っていたらしく、ニコリとえくぼを見せてくれた。

「ヒカリ。私と少し歩きませんか？」

「え、でも今はそれどころじゃ」

「すぐそこにクレープの屋台が出てましたよ？　ほら」

アキは、食べるタイミングを失っていた苺と生クリーム入りクレープの匂《にお》いを彼女に嗅《か》がせる。

「行く！」

すると、ヒカリちゃんは即答してアキの腕にしがみつき、それなりに混《こ》んでいる人波の中へと消えていった。あまりにもちょろすぎるので、変質者に誘拐でもされないか心配になる。

「んっ?」

背中を何かで突かれたような感覚に振り返ると、直人君が俺に向かって自作の文庫サイズの本を差し出していた。俺が受け取ると、彼は手話で『差し上げます』と伝える。これも何かの縁なので「買うよ」と答えて、財布から提示されている金額の五百円を取り出した。

結果的に押し売りのようになってしまったのが後ろめたかったのか、彼はしばし迷っていたものの、最終的にはそれを受け取ってくれた。

「じゃあ、二人が戻るまで俺と話でもしようか」

そう申し出ると、まだ幼《おさな》さの残るその顔は喜びに満ちる。存分に会話を楽しめる人と出会える機会というのは、俺が思っているよりもずっと少ないに違いない。直人君は頷きかけたが、首を横に振ってしまう。そして、両手で言葉を形成した。

『一緒に行って、ヒカリの話を聞いてあげてください』

「それは構わないが……いいのか?」

今のヒカリちゃんが話す内容は、間違いなく直人君の愚痴になる。一方的に悪者扱いされることを承知の上でその話を聞いてやってほしいというのは、年の割に大人すぎる気がした。

それに、役割としてはアキ一人でも十分だと思うのだが。

『お願いします』

彼の繰り出す音のない言葉からは、切実な願いのようなものが感じられた。そこまで頼まれては断るわけにもいかないので、俺は購入した本を片手に踵を返す。そして「なるべく早く戻るよ」と伝えると、アキとヒカリちゃんが向かっていった方へと一人歩き出した。

●

本日は晴天にも恵まれ、生徒用玄関前で展開している茶道部の屋外茶屋はなかなかの賑わいを見せている。クレープの屋台の場所は把握していたので、俺は危なげなく二人と合流し、その後茶屋のパラソルがついた丸いテーブル席を確保することができた。

「えーっ！　アキさんって、外国の人なんですかっ⁉」

チョコバナナ味のクレープを零さぬよう少しずつ齧っていたヒカリちゃんは、話の流れで知ることとなった事実にこちらが恥ずかしくなるくらいのリアクションを披露する。普段ならば見た目ですぐに外国人だと理解されてしまうので、こういった反応は余程新鮮なのだろう。アキも手探りで返答を探すように「ま、まあ……はい」と消極的な声を出す。

「でも発音とか日本人と全然遜色ないですし、凄いです！」

「そ、そうでもないですよ」

「目が見えない分、聴力には自信のある私が言うんです！　本当に凄いです、アキさん！」

「そうですか？　ありがとうございます」

褒めちぎられるのが照れくさいのか、アキは己の口を塞ぐように苺と生クリームのクレープを頬張《ほおば》る。甘いものがあまり得意ではない俺は、その光景を眺めながら一人紙コップに入った抹茶を啜っていた。

「肇、その本買ってきたのですね」

これ以上褒められることを避けたいのか、アキがテーブルの上に置いていた『黄昏を消して』を指さして話題転換を図る。俺は頷いた後で、ヒカリちゃんに「後でじっくり読ませてもらうよ」と伝えた。彼女はくすぐったいような顔で笑うと「ありがとうございます」と礼を述べる。

おそらくは創作物の評価を受けることに慣れていないのだろうなどと憶測を立てていると、彼女は見えないはずの目で俺を真っ直ぐに捉える。そして、意を決した様子でこう頼んできた。

「あの、最初の一ページだけでいいので音読してもらってもいいですか？」

「そういえばさっき、直人君が文章を相談せずに変えたって言ってたっけ」

「はい。それを確認したいんです」

本心を言えば、最初から最後まで全て確認したいのだろう。しかし、全てのページを音読しろと頼むのは無茶が過ぎる。だから、せめて冒頭だけでも、という考えのようだ。

俺は本を手に取り一ページ目を開く。本を作者の前で音読するなんて行為は本来罰ゲーム以外の何ものでもない気がするが、他の誰でもない本人が望んでいるのだから、気にせず読ませてもらおう。

俺は、小説の文面に目を落とす。ページいっぱいにぎっしりと詰まっている文字を、噛まないよう気をつけながらゆっくりと読み上げた。

彼女の希望通り冒頭一ページだけをきっちり読み上げて、本を置く。気になるヒカリちゃんの反応はというと、

「……もう、信じらんないッ！」

何となく予想はしていたが、怒りだった。クレープを持っていない方の手でテーブルをバンと叩くが、痛かったのか表情を歪《ゆが》めている。

「そんなに変更点が多かったのですか？」

アキが問うと、彼女は繰り返し頷いた。

「今日は張りついてでもキミの謎を解く！」

僕を指さし、美沙子は宣言する。やる気を見せるのは当人の自由。けど、それはいくら思案を巡らせてもどうしようもないこと。議論の延長に、意味はあるのか。

美沙子は長期戦を視野に含め、樹木をぐるりと包むようにして積んであるレンガに腰を下ろす。煩わしい様子で右の耳を数度揉んでいるのは、数日前に自分でそこに開けて間もないピアスの穴を気にしてのこと。正直、似合わないと思うのだが。

「悪いけど、今日は講義に出席しないとマズいので」

逃げ口上を披露する。このような言い訳を吐くのは、美沙子を相手取る時だけだ。

「うっさい。やるの！」

強情なのは美沙子の欠点でもあり、美点でもある。理由は何であっても、誰がために動けるというのは素晴らしく、正答の見えない謎でも追究をやめない。それが実にしつこいので、諦めさせようという僕の思惑は程なくして古木のように枯れた。

「昨日までの考察は合っていると思うの。あと少しで、全て纏まるはずなんだ」

指でピストルを模す手を顎に当てて、美沙子は思考に耽るポーズを決める。それを前に腹を括ると、僕はとっておきのヒントを呈する。美沙子の興味は大きく逸れて、拳銃のような指を窄めるように顎より離す。こうして、僕の逃げ道は塞がれた。

美沙子の視線を釘づけにしているのは、一通の便箋。デザインはなく、色はキレイな乳白色。封に使用しているハートシールの示す通り、面白みのないラブレター。

「話の流れや一ページ目で出しておきたい情報なんかはきっちり押さえてありますけど、文章は私のものではないと思えるくらいに改稿されてます！　危うく、絶対に変えちゃいけないところまで変えられるところでしたよ」

　ということは、その変えてはいけないというこだわりの箇所に関しては無事だったらしい。怒りが滲んでいた彼女の顔に、そのことに対する安堵が垣間見《かいまみ》える。しかしそれも、すぐさま不機嫌な表情に覆い隠されてしまった。

「今にして思えば、前々からおかしかったんです」

「どういうことだ？」と俺。これに対し、ヒカリちゃんは聞いてくれと言わんばかりに声を張った。

「文庫本サイズの形式での印刷依頼を出す直前くらいの打ち合わせで、直人が急に重要な部分をいくつも変えたいって言い出したんですよ」

「具体的にはどの部分を？」

「まずは、ヒロインの名前です」

「ヒロイン……ええと、美沙子《みさこ》だったっけ」

「はい。最初は『加奈子《かなこ》』だったんですけど、それを変えたいって言い出して。第二候補だった『美沙子』を伝えたら、あっさり納得してくれましたけど」

　ヒカリちゃんは、まだまだあるぞと話を続ける。

「次に、主人公の一人称です。最初は『俺』だったんですけど、いきなり『僕』に変えたいと言い出して……。まあ、私だけの作品じゃないので譲歩しましたよ。でも、まだあるんです」

終いに、彼女はテーブルを揺らして立ち上がる。

「最後に、タイトルを変えたいって言い出したんですよあの野郎！　『黄昏を止めて』だったんですが、今の『黄昏を消して』に変更したいって。ニュアンスがそれほど変わるものではないので、渋々ですが了承しました」

吐き出すことで熱が冷めたのか、彼女は萎《しぼ》んだ風船のようにぽてんと椅子にお尻《しり》を落とす。そして「そこまでして通したい考えがあるなら、もっと早く意見を言ってくれればよかったのに」と小さくぼやいた。

さて、聞かされた変更内容はかなり多い。文章を相談なしに無断でがっつり変更しただけに飽きたらず、それ以前にヒロインの名前、主人公の一人称、あまつさえタイトルまで変えていたとは。これで『未完成』という言葉まで添えられた暁には、直人君が合作であるこの小説の乗っ取りを企てて失敗したと思われても仕方がない。だが、ヒカリちゃんを気遣うことのできる大人びた彼を見る限り、そんなことをする子だとはどうにも思えない。

妙な点は、まだ他にもある。まず、ヒロインの名前が変わったところで物語に与える影響は少ない気がする。一人称の変更は主人公のイメージに若干の変化をもたらすかもしれないが、これも微々たるものだ。タイトルも、ヒカリちゃん自身が言った通りニュアンスはさほど変わらないように感じる。もっとも、全てを読んだわけではないので一概には言えないが。

それから——俺には一つ、気づいてしまったことがある。

「ヒカリちゃん」

名を呼ぶと、彼女は「はい？」と可愛らしく首を傾げた。それを伝えようかと思ったが、どうにも躊躇われて俺は言葉を呑み込む。代わりに、別の台詞を吐き出した。

「そろそろ戻ろうか。直人君も待ってるよ」

●

ヒカリちゃんを直人君の元まで送り届けた帰り道、武道場の下にある焼きそばの屋台で金属製のヘラを器用に操る香澄の姿を見つけた。まだお昼には早いため、あまり客の姿は見受けられない。

「よう、肇。アキさんもおはよう」

「お疲れさん。二つくれよ」

「毎度あり！」

威勢よく答えた彼は、捩じり鉢巻に剣道着という妙な格好で焼きそばを仕上げ、ビニールのパックに詰めて割り箸を添える。手慣れた仕事っぷりを眺めていると、武道場の中から子ども達のワイワイと騒ぐ賑やかな声が聞こえてきた。

「中では何をやっているのです？」と、アキ。

「スイカ割りだよ。とは言っても、スイカはビーチボールだけどな。竹刀を使ってチャレンジして、見事当たればお菓子をプレゼント。剣道部は、数年前からずっとコレで学園祭を乗り切っているらしい」

出し物を固定しておけば、ノウハウは後輩に受け継がれ、道具も使い回せるので準備期間も最小に留めてその分部活に専念できる。練習時間を僅かでも無駄にしたくない、筋金入りの体育会系らしいやり方だ。

出来立ての焼きそばを受け取った俺とアキは、屋台もまだ暇そうだったのでその場でいただくことにする。アキはソース味の効いた麵を、男子顔負けにズルズルと啜っていた。そういう食べ方は、海外では不評だと聞いたことがあるのだが。

「そういや」香澄が思い出したように「作品集は売れそうか？　五十部売れないと廃部なんだろ？」

「驚くことに、もう完売したんだよ」

「おお、マジか！　凄いな！」

書道部にとっても青天の霹靂だった成果を、香澄は自分のことのように喜んでくれた。

「肇」口の周りを茶色くしたアキが、何気ない様子で「コレはどういう意味ですか？」

彼女がこちらに差し出したのは、割り箸の入っていた紙の袋。そこには達筆な平仮名で『おてもと』と書いてある。

「それは『お手元箸』っていう言葉が省略された形なんだよ。手元に置くものという繋がりで、おしぼりや小皿なんかもそう呼ぶことがある」

「何故『割り箸』と書いては駄目なのですか？」

「そう書いてあるものもなくはない。ただ、おてもとの方が丁寧で綺麗に聞こえる。そんな理由だと思うけど」

「ふむふむ」

アキは焼きそばを一旦置き、メープル色の手帳を開いてメモを取り始めた。すっかり見慣れたその光景を眺めていると、後ろから香澄が俺の背中を小突き、ひそひそと話しかけてくる。

「もうすっかり打ち解けてるな」

「そ、そうか？」

「頼られてる証拠だ。頑張れよ」

頑張れ、か。これでも頑張って、告白の言葉を探しているつもりなのだけれど。

「ありがとうございました」

手帳をパタンと閉じたアキが、とびきりのスイーツを食べた後くらい満足げな笑顔で礼を述べる。直視すると顔が赤くなっていることがバレそうだったので、俺は焼きそばに夢中なふりをしながら「力になれてよかったよ」と返した。

告白の言葉は見つからないけれど、今の関係も別段悪くない。そんなふうに思ってしまうから、俺はいつまで経っても先に進めないのだろうか。

●

図書室へと帰還した俺は、書道部ブースの椅子へ腰を下ろした。アキはコンタクトレンズがずれてしまったということなので、お手洗いに行っている。彼女が裸眼ではなかったことを、今日初めて知った。

羽流と及川先輩も、まだ帰ってくる気配はない。手持ち無沙汰《ぶさた》の時間を潰すのは、いつの時代も読書が最適だ。後で読ませてもらうと約束もしているので、俺は『黄昏を消して』のページを捲る。読み始めて数ページもすれば周囲の雑音も遠退《とおの》き、俺の意識は物語の中へと吸い込まれていった。

ジャンルは、恋愛ミステリーと言ったところだろうか。謎めいた主人公『僕』と、彼の謎を解こうと躍起になっている女の子『美沙子』を中心に物語は展開していく。序盤の既に出揃っている情報を二人で整理するパートはやや退屈に思えたが、舞台を架空の街に移した中盤以降からはなかなかに引き込まれた。表紙に使用されているモノクロの風景写真は、おそらくこの街をイメージしているのだろう。

話は大方の予想通り二人の恋愛へと焦点が寄っていくのだが、タイトルに用いられている『黄昏』は、この二人が恋愛を成就させる上で障害となっている陰りのようなものの比《ひ》喩《ゆ》として扱われている。それを消し去ることで、この本は完結していた。

「ふう」

短く息を吐いて、本を机の上に置く。スマホで時刻を確認すると、三十分ほどが経過していた。恋愛ものはあまり読まないのだが、思った以上に楽しませてもらった。

直人君はこれを『未完成』と言っていたそうだが、そのような印象は全く受けない。十分に完成された作品のように思えるが、真相はヒカリちゃんの前で全ページを朗読しなければわからないのだろう。

ずっと同じ体勢だったので、背中の辺りが固まってしまっている。腕を天へ向けてグッと伸ばしたところで、販売する物のないこのブースに客が訪れた。

「あれ、売り切れなの?」

「あ、すみません。昼過ぎには再入荷できるかと……」

思わず、言葉が止まる。何故なら、話しかけてきた女性はブロンドに青い瞳というアキと同じ特徴を備えていたからだ。顔の造りもよく似ているので、彼女がアキの母親だということは一目で理解できた。

「ええと、娘さんは今席を外してまして」

「構わないよ」

微笑む彼女は、やはりアキの母親だけあって美人だった。おまけに、日本語も娘に負けず劣《おと》らず堪能《たんのう》である。それにしても、アキは何をしているのだろう。コンタクトがずれただけにしては、いくら何でも帰りが遅すぎる。

「墨森肇というのは、もしかしてキミかな？」

フルネームで呼ばれたことに驚きつつも頷くと、彼女は嬉しそうに笑う。どうやら、母親も娘と同じく初対面でも呼び捨て派らしい。やはり、お国柄なのだろうか。微笑む頬に見えたえくぼは、より一層アキとの血の繋がりを感じさせる。

「アキから話はよく聞くよ。とても頭が切れて、面白い言葉を教えてくれるといつも楽しそうに話してくれる」

「い、いえ、俺は別に……」

俺のいないところでそんな話をしてくれていたことは素直に嬉しく、照れてしまう。母親の前で娘に惚れていると悟られるほど恥ずかしいこともないので、必死に平常心を意識した。

「あの子、言葉が大好きなの。よければ、これからも色々教えてあげてくれる？」

「……お言葉ですけど、娘さんはもう十分すぎるほど言葉を知っていると思いますよ？」

「でも、アキは満たされない。いくら教えても、間違いなく知りたがり続ける」

「向上心があるのはいいことだと思いますけど」

意見を返すと、彼女は頰を緩めた。憂いに近いものがその表情に見えた気がしたのは、果たして俺の気のせいだろうか。

「では、また寄らせてもらうね」

踵を返した彼女は、モデルのような歩き方で長いブロンドの髪を揺らしながら図書室を出ていく。その姿に見惚れた人は、周囲を見渡す限り俺だけではないようだ。

友人の母親と一対一で会話するというイベントに心身共に疲れて、乗り切った安堵感から机に突っ伏す。綺麗な人だった。それに——話し方も、少し独特だったな。

アキが戻ってきたのは、それからさらに十分ほど後のこと。

「遅かったな」

「ごめんなさい。友達に摑まって、メイド喫茶の手伝いをやらされていました」

呼んでくれたら飛んでいったのに。

「これ、遅くなったお詫びです」

アキは手に持っていた二つあるカップのうちの一つを俺の方に差し出す。容器には『HOT CHOCOLATE』と書かれたシールが貼りつけてあった。

随分と凝った飲み物を出す生徒もいたものだなと驚きつつ、礼を言ってカップを受け取る。猫舌なのでフーフーと冷ましながら口をつけるも、俺にはどうにも甘すぎるようだった。

「少し前に、アキの母親がここに来たぞ」

「はい。さっき会いました。お母さん、肇に変なこと言いませんでしたか？」

思い出されるのは、アキが家で俺の話をしてくれているという件。堪らず恥ずかしくなって視線を逸らすと、「え、何か言われたのですか⁉」と彼女まで顔を赤くする。

話の内容を聞き出そうと躍起になるアキ。その反応が可愛かったので、俺は「何でもない」と敢えて意地悪な態度を取ってしまった。彼女が拗《す》ねるようにそっぽを向いたところで、やりすぎたと思いハッとなる。

だが、振り向いた彼女の顔は不機嫌さなど欠片もなくけろりとしていた。

「そういえば、暗号みたいでしたね」

「……いきなり何の話だ？」

「手話のことです。直人に使ってましたよね？」

俺とは異なりホットチョコレートがお気に召した様子のアキが、とろけそうな笑顔で切り返す。手話を知らない人に言わせれば、確かにあれは暗号のようなものだろう。俺だってアキが突然流暢な英語で話し始めたのなら、暗号のようだと感じるかもしれない。

同じ日本国内でも、訛りの強さや地方ならではの呼び方などにより意味が理解できない言葉は数多く存在する。俺が必死にかき集めた言葉の数など微々たるものであり、言葉の大半は理解できない暗号ばかり。そう考えると謎めいていて、心なしかワクワクした。

そのお礼ではないけれど、俺は彼女が喜びそうな話を提示することにする。アキの母親にも頼まれたばかりなので、知りたがりの彼女が興味を惹かれそうな話題をプレゼントしよう。

「暗号といえば、一つ面白い話がある。アキは書籍暗号って知ってるか？」

問うと、彼女は予想通りに首をフクロウの如く傾ける。ハの字になった細い眉が、知らないことを主張していた。

「書籍暗号とは、その名の通り本を使った暗号のことだ。双方が同じ本を持っていることを前提として、送る側は伝えたい文字を一文字ずつその本の何ページの何行目の上から何文字目というように置き換えて暗号化していく」

「ふーん……めんどくさそうですね」

味気ない感想ありがとう。めんどくさいからこそ暗号なのだ。そして、本題もここから。俺は中学生二人組が作った合作の本『黄昏を消して』を目の高さに掲げる。

「形式は違うが、どうやらこの書籍にも暗号が隠されているようだ」

「えっ？　どういうことですか⁉」

獲物を見つけた狩人《かりゅうど》のような双眸が俺を捉えた。彼らの仲直りに協力したアキには知る権利があると考えたからこそ始めた話なので、もったいぶらずに説明へと入る。

とは言っても、別段難しいことではない。わかる人には簡単に解けてしまうものだ。

「暗号が隠されているのは最初の一ページ」と伝えた途端に、アキは本を摑み取りそのページに綴られている文章へ視線を這わせる。『まだ説明するな』という念を感じたのでしばらく黙っていたのだが、やがて諦めた様子で「わかりません」とこちらに解答を求めてきた。

俺は本を受け取り、件《くだん》のページをアキへと向ける。

「着目するのは、このページ内での動作」

「動作って、身振り手振りや登場人物の動きのことですか？」

「そう。早い話が、このページ内に出てくる動作は全て手話に置き換えることができるんだ」

「なんとっ！」

驚きのあまり椅子から立ち上がった彼女がバランスを崩し、ブロンド髪が頭突きと化して俺の顔面へと迫り来る。それを既《すんで》のところで受け止めると「落ち着け」と言って椅子に押し戻した。

「仕込んだのは、ヒカリちゃんの方だ」

「何でわかるのですか？」

「俺がこのページを音読した時、彼女は変えてはいけない大切な箇所が変更されていなかったことに安堵していた。その箇所こそが、この手話に該当する部分なんだ。それに、暗号を解けば仕組んだのはヒカリちゃんだとわかる」

俺は本を持ち直して、解説へと戻る。

「動作は全部で三つ。一つ目は、多分手話を知らないアキでもわかると思う」

「最初に出てくる動作……あ、この『僕を指さし、美沙子は宣言する』ですか？」

顎を下げて、俺は肯定する。二行目の書き出しであるこの動作が意味する手話は、説明するまでもない。

「これは『アナタ』でいいのですか？」

「ああ、俺達が日常で使っている意味そのままだ」

これのみならず、健常者でも会話にジェスチャーを組み込む人は多い。それがそのまま手話になっているというパターンも、数多く存在している。

「二つ目は、五行目の『煩わしい様子で右の耳を数度揉《も》んでいる』。これもシンプルに

『耳』を意味する手話だ」

「次で最後ですよね？　えっと……ありました」

アキは文字列を指でなぞり、該当箇所で声を上げた。

「十四行目の『指でピストルを模《も》す手を顎に当てて』ですか？　これは……わかりません」

先に出た二つとは異なり、これは習ったことのある人でなければわからないだろう。

「それは十六行目の『拳銃《けんじゅう》のような指を窄《すぼ》めるように顎より離す』と合わせて初めて意味を持つんだ」

俺は実際にやって見せながらアキに説明した。直後に、その手話が意味する内容を思い出して恥ずかしさが込み上げてくる。

「それは何という手話なのです？」

黙っている方が寧ろ照れくさいので、気に留めてない素振りを見せながら短く伝えた。

「好き」

これはこれで、余計に告白じみている。『好きという意味だ』と言えばよかったのに、言い方を間違えた。日本語って難しい。情けない顔をしているだろう俺に対して、アキは「ほほう。では、これまで出てきた手話を繋げますと……」と暗号の解読しか眼中にない様子。それはそれで、空しさが込み上げてくる。

赤らんでいるかもしれない頬の辺りを無意味に揉み解《ほぐ》していると、彼女は口元をへの字に曲げて俺に視線を投げてきた。

「直訳すると『アナタの耳が好き』……どういうことですか？」

「ああ、最後の手話は『好き』から転じて『憧《あこが》れる』というような意味合いも含んでいるんだ。だから、ヒカリちゃんから直人君への暗号はこうなる」

俺は手話も交えて、アキに解答を披露した。

「アナタの耳になりたい」

愛だの恋だのという言葉は含まれていない。だが、それは誰がどう考えても告白の言葉だった。

アキは書籍暗号の仕組まれたページを、しばらくの間見つめる。やがて本を閉じると、それを愛しそうに胸元へ抱き寄せた。

「素敵ですね。心臓がドキドキする。……いい言葉です」

「……そうだな」

ずっと探していた、アキに素敵だと思わせることのできるI love youの訳。悔しいことに、先を越されてしまったようだ。しかしこれはあの二人の間だからこそ成り立つ言葉なので、俺が使ったところで意味を成さない。

だから、俺は俺の言葉を探さなければならないのだ。彼女を今のように、いや、今以上にドキドキさせる、心臓に刻みつけるような言葉を。

「ヒカリは、直人がこの暗号に気づかなかったからあんなに怒っていたのですね」

それは——どうなのだろう。直人君が独断で行った変更により仕込んだ手話の暗号が最悪消えてしまっていたかもしれないというのも激怒の要因の一つだろうし、イベント当日に作品を『未完成』と言った彼の発言だけでも、怒る理由としては十分だと思う。

俺は何となく、直人君はメッセージに気づいていないものだと思っていた。しかし、手話が日常に溶け込んでいる上に繰り返し原稿を読む機会のあった彼が見つけられず、手話を齧った程度の俺が一度目を通しただけで発見できたというのはおかしな話だ。

「……いや、直人君はおそらく、この暗号に気づいている」

「では、わざと気づかないふりをしてるということですか？」

「それはわからない。わからないが……」

彼が原稿を独断で変更した理由は、そこにあるのではないだろうか。印刷前の段階で愛の告白に気づいたからこそ、手を加えた。それが意味することとは、即ち——。

「参ったな」

俺は頭を押さえる。

「この本には、おそらく直人君からの暗号も落とし込まれている」

広がりゆく面白い言葉の世界を前にして、アキの目が興奮と共に煌めいた。

本の謎を解くべく、今度は直人君一人を屋外茶屋へと連れてきた。ヒカリちゃん一人をブースに残しておくわけにはいかないので、今はアキについてもらっている。

俺の前で気兼ねなく手話を解禁した直人君は、非常にお喋りだった。

学校の友人のこと。自宅で飼っている三匹の猫のこと。やりこんでいるゲームのこと。ハマっているコンビニスイーツのこと。そして、ヒカリちゃんのこと。わからない手話は素直に訊き返しながら、俺は彼が流れるように語る声なき言葉に耳を傾けていた。

行き交う人達の中には、身振り手振りでコミュニケーションを行う俺と直人君へ物珍しそうな視線を向ける人も少なくない。俺も向こう側の立ち位置だったのなら、おそらく似たような目を向けて通り過ぎていたと思う。しかし、直人君にとってそんなことは日常として定着しているのだろう。気にも留めず、俺との会話を楽しんでくれているようだった。

「キミは、喋りたいとは思わないのか？」

直人君の語る、バーベキューで出た高級和牛の大半が消し炭と化した話が落ち着いた頃合いで、俺は手話も交えて切り出した。

彼は耳が聞こえないが、発声器官には何の障害もない。自分の発する声は聞けないので発音や声量の調節は健常者ほど上手くいかないかもしれないが、聴覚障害を持ちながらでも言葉を話せる人は大勢いる。

だから尋ねてみたのだが、彼の暗い表情を見る限り、俺の配慮が足らなかったのかもしれない。直人君は、ゆっくりと手話を形作る。

『俺の耳は生まれつきなんです。後天的に耳が聞こえなくなった人は練習次第で習得できますが、俺にはそもそも音という概念がわからない。学校で練習はしているんですが、どうやらとびきり下手くそみたいで』

もしかすると、声を発して笑われたりした経験があるのだろうか。彼が使っていた音声アプリのように便利なものがある現代、無理に習得する必要は必ずしもないのかもしれない。俺が「ごめん」と謝ると、直人君は笑って見せてくれた。

『今は全然ですけど、いつか話せるようになりたいとは思っているんです』

「何か理由でもあるのか？」

『この小説っぽく言うのであれば、黄昏ですかね』

俺が持参した『黄昏を消して』の表紙を撫でる彼の目が、優しさで満ちる。

『俺はヒカリの声以外を、残る四つの感覚で感じることができます。でも、彼女は俺が喋れないせいで聴力は異常ないのに俺のことを三つの感覚でしか感じ取ることができない。

俺がヒカリを感じ取っているほど、ヒカリは俺を感じ取ることができていない』

故に、二人の間には黄昏がある。迫りくる夕闇《ゆうやみ》の中に立つ相手が見えづらいのと同じように、ヒカリちゃんは直人君のことをしっかり認識できていない。

「ロマンチストだな」

からかうと、彼は『小説なんて作ったからですよ』と笑顔を返した。

さて、そこまでヒカリちゃんのことを気にかけているのなら、尚更今回の一件は不可解な点が多くなる。俺はそろそろ、話したかったことを述べていくことにした。

「直人君、ヒカリちゃんとの喧嘩のことなんだが」

途端に、彼は困った顔をする。そして、少し迷うように視線を泳がせると『迷惑をかけてすみません』と頭を下げた。何だか本題へ切り込みづらくなってしまったので、方向転換して素直に気になっていたことから尋ねてみる。

「そういえば、小説読ませてもらったよ。面白かった」

『ありがとうございます』

「この話は、ヒカリちゃんがメインで書いたのか？」

これまでのやりとりを見ている限りではそう感じた。どうやら図星らしく、彼は小さく頷く。

『この小説は、ヒカリが音声入力で書いた原稿に俺が手を加えて形にしたものです』

今や音声入力は、スマホに標準装備されている身近な機能。しかしながら万能ではなく、思った言葉と違うものが入力されてしまうことも多くある。目の見えないヒカリちゃんでは、そういったミスや誤変換、同音異義語などを修正することは非常に難しい。だから、直人君が協力したのだろう。

つまり、物語と文章を考えたのはヒカリちゃん。校閲や修正、表紙デザインや印刷所とのメールでのやりとりなどを担当したのが直人君ということか。

「頼まれて一ページ目をヒカリちゃんの前で読み上げたんだが、かなり文章が変更されていると怒っていた。もしかして、全ページに独断で手を加えたのか？」

問い質すと、彼は申し訳なさそうに『いえ、最初のページだけです』と答えた。

それはそれで、妙な話だ。大幅に改変しようと手をつけたがったの一ページで諦めて、そのまま上書き保存をしてしまったから『未完成』だと言っているのだろうか。辻褄《つじつま》は合わなくもないが、そのくらいならヒカリちゃんに一言相談すればいい。何より、そんな勝手なことをするような子だとも思えない。

「何でそんなことをしたんだ？」

率直に問うと、先ほどまでの手話による饒舌が嘘のように黙ってしまった。とはいえ、その沈黙は己の罪を吐き出すのを拒んでいるといった雰囲気とは異なる。言いたいけれど言いづらい、もどかしい感情。当て嵌めるならば——照れ隠し。

『気づいたんです』

やっとのことで、短い手話が繰り出された。気づいたとは、おそらくヒカリちゃんが潜ませた暗号のこと——だと思ったのだが、どうやら違うようだ。

『俺は、それができそうなことに気づいてしまったんです。だから、やらずにはいられなかった』

要領を得ない彼の手話は、その目的をようやく告げる。

『俺は、ヒカリにどうしてもこのページを読んでほしかったんです』

目の見えない彼女に、小説の最初のページを読ませたい。——それは、不可能ではないだろうか。

「彼女には俺が読み聞かせたけど」

『そうじゃなくて、自分で読んでほしいんです』

自分でと言っても、この小説に使われているのはサラサラとした表面の単なる紙。ヒカリちゃんは健常者より触覚は鋭いのかもしれないが、沁《し》み込んだインクを頼りに文庫サイズの本の文字を理解するなんて芸当は流石に無理だろう。

ひょっとして、だからこそまだ『未完成』だと主張しているのだろうか。

『今日ここで、肇さんのような人に出会えたのは幸運でした』

彼は照れくさい台詞を手話で放つと、俺の目をジッと捉える。

『アナタなら、この小説で俺が本当に伝えたかったことを見つけてくれると信じています』

●

直人君を送り届け、代わりにアキを引き取る。ヒカリちゃんは、まだ少しご機嫌斜めな様子だった。

スマホで時刻を確認すると、あと三十分で十二時になるという頃合い。一冊の本に秘められた暗号事件に、成り行きとはいえ首を突っ込んだのは俺自身だ。それに、直人君からは何やら期待されてしまっているらしい。できることなら、及川先輩達が戻ってきて忙しくなる前に解決してしまいたい。

「直人からいい情報は聞けましたか?」

「まあまあかな」

半分強がりな返事をすると、アキの青い瞳は期待を帯びて輝き出す。余計なことをしてしまったと悔《く》やんでいるうちに図書室が近づいてきたが、そこに腰を落ち着けたら暗号の答えを話さなければならない流れになりそうだ。俺は時間を稼ぐため「喉が渇かないか?」と提案する。

ヒカリちゃんや直人君と触れ合ったからだろうか。改めて校内を歩くと、俺は今まで見えていただろうにあまり着目していなかったこの学校の良《い》い点に多く気づかされた。そしてそれは、アキも同じらしい。

「この校舎って、色々と考えて造られているのですね」

「ああ。俺もちょうど、同じことを思ってた」

階段には使用者に合わせて二段に分かれた手摺《てすり》がついており、各段の滑り止めは視力の弱い人でも見分けやすいよう派手な色になっている。来賓用玄関には必要な人のために車椅子が置かれ、校門からそこに至るまでのアプローチには誘導ブロックが敷かれていた。

流石は新校舎。使い勝手のいいユニバーサルデザインを意識して建てられているようだが、まだまだ当人達にとって不便な点は多いに違いない。

遠くに見える多目的トイレのピクトグラムを眺めながら、俺は自販機までの道のりで情報を整理する。

まず、ヒカリちゃんは直人君のことが好きで、小説の一ページ目に組み込んだ手話で告白を行った。それに気づいていると思われる直人君は、タイトル、ヒロインの名前、主人公の一人称などあらゆる点の変更を印刷直前に申し出た上に、最初のページのみヒカリちゃんに内緒で大幅な文章変更を行っている。

しかも、そうして出来上がった本に『未完成』というレッテルを貼りつけた。彼もヒカリちゃんと同様に暗号を仕込んだことは明白であり、その証拠に俺へ遠回しに『解いてくれ』という意思を伝えてきている。

直人君は、その暗号を『それができそうなことに気づいてしまったから、やらずにはいられなかった』と言っていた。そして、件《くだん》のページをヒカリちゃん自身に読んでほしいとも言っていた。だが、彼女は目が見えない。綴られている文字を読むことは、不可能と言っていいはず。

「肇、何処に行くのです？」

アキが俺の学ランの袖を引き、自販機を指さす。考え込んでいるうちに、いつの間にか到着していたようだ。飲み物を買いに行こうと提案したのは俺なので「奢るよ」と小銭を取り出した時だった。

「コレって、こんなところにもあるのですね」

彼女がコイン投入口の辺りを示して、嬉しそうに言う。何のことかわからない俺は、屈んでアキの指の先にあるものに目を近づけた。そして、

「……あ」

俺の落とした百円玉が、足元に転がる。拾おうとしてくれているアキを余所に、俺は彼女が見つけてくれたそれの存在に見入ってしまっていた。

校内のユニバーサルデザインと同様に、いつも見ていたのに見落としていた部分。俺は

持ち歩いていた『黄昏を消して』の一ページ目を開き、生まれたばかりの推測が当て嵌まりそうなことを悟ると堪らず口元を緩めてしまう。

「どうしたのですか、肇。変ですよ？」

「……いや、ちょっとな」

今し方、直人君の暗号は一つの結論へと収束する。俺はポケットに今朝使用したそれがまだ入っていることを確認すると、ギュッと強く握り締めた。

●

三度《みたび》、茶道部の屋外茶屋でテーブルの一つに陣取り、待つこと僅か数分。アキがヒカリちゃんを連れてきてくれた。今日は彼女達を片方ずつ連れ回してばかりな気がして、途端に申し訳ない気持ちになる。

「度々ごめんよ、ヒカリちゃん」

「いえ、大丈夫です。それに、私も墨森さんに訊きたいことができたっていうか……」

彼女はアキの手を借りて椅子に座ると、しばらくモジモジした後に口を開く。

「えっと……手話ができるんですよね？　さっき、直人から聞きました」

何故俺が手話を使えると、彼女がここまで恥ずかしがることになるのか。そんなことは決まっている。ヒカリちゃんは、自分の仕込んだ暗号が俺にばれたのではないかと危惧しているのだ。

「申し訳ないけど、キミが例のページに仕込んだ暗号なら解いてしまったよ」

直人君への秘めたる想いが、少し前に出会った赤の他人に知られてしまった。相当恥ずかしいのかテーブルの下へ隠れてしまいそうなほど縮こまるヒカリちゃんへ、俺は伝えなければならない真実を切り出す。

「だが、同じページ内にはキミが仕組んだものの他に、実はもう一つ暗号が隠されている」

「……えっ?」

予期せぬ展開に恥じらいも吹き飛んだようで、彼女は虚を衝かれてポカンとしている顔を上げた。

「もう一つって……直人も何か仕込んだってことですか?」

制作に携わったのは、印刷会社を除けばヒカリちゃんと直人君のみ。何かを仕込めるとすれば彼しかいないので、彼女がその結論に至るのは必然だろう。

「先に伝えておくが、直人君はおそらくキミの暗号に気づいている。ちゃんと気づけるように仕込んだのだから、当然かもしれないが。だから、気づいた後であらゆる部分を変更し、無断で文章を変えてまで落とし込んだ彼の暗号は、キミの告白に対する返事となっている……と思う」

予想だにしていなかった展開に、彼女は白杖を胸元でギュッと握り締める。アキも大好きな言葉の面白い部分を前に興奮しているだろうに、口を挟むことなく静かに俺の続く発言を待ってくれていた。

では、始めよう。テーブルに置いていた文庫サイズの本を開いたところで、俺は思い出したように「あ、小説読ませてもらったよ。面白かった」と簡潔な感想を述べた。

「はぁ、ありがとうございます」

「それから、直人君が文章を弄ったのは一ページ目だけで、他のページには手をつけてないそうだから安心していい。俺が読んだ限りでは、全体を通して全く問題なかった」

「そうですか……どうもです」

その反応は、直人君からの返事以外はもう興味がないと主張するかのように気が抜けていた。もったいぶる趣味はないので、早速彼女の望む解答の説明に移らせてもらう。

それに伴い、必要となるものをポケットから取り出した。それを見たアキが、沈黙を解いて声を上げる。

「肇！　その修正ペンで、何をする気なのですか？」

アキの言う通り、俺が握っているのは今朝及川先輩から手渡されて返しそびれていた修正ペン。いくら自分が金を払って買ったからとはいえ、人様が丹精込めて作った本に修正ペンを使うというのはデリカシーに欠けている。

摑みかかってでも止めかねないアキに対し、保身のため俺は「悪いようにはしないから」と彼女を宥めた。

「直人君がこの本を『未完成』と言っていた理由はこれだ。おそらく、修正ペンを使うことでこの本は彼が望む『完成』の形となる」

「修正して完成？　今朝の私の担当ページのように、何かミスがあったから直人は未完成だって言っていたのですか？」

「いや、それなら俺達みたいに直して販売すればいいだけだ。印刷後の修正が不可能なレベルの間違いならどうしようもないだろうが、俺が読ませてもらった限りでは、そんな箇所は見当たらなかった」

「では、何を修正するのです？」

「修正するんじゃない」俺は言い方を変える。「消すんだよ」

置き換えたその表現とこの小説とを繫ぎ留める明確なものは、表紙に堂々と記載されている。

「……黄昏を消して？」

静聴していたヒカリちゃんが、自身の書いた小説のタイトルを口にした。

「そう。この本のタイトルは印刷直前まで『黄昏を止めて』だった。それを無理言って、直人君が『黄昏を消して』に変更した。つまり、黄昏は『止める』のではなく『消す』必要があった」

だからこその、修正ペン。修正テープでも消せるだろうが、この本は文庫本サイズなので文字も小さい。乾かす時間は必要になるが、ピンポイントで消せるペンタイプの方が適している。

「それで、結局何を消すのですか？」

「黄昏」

短い返答に対して、アキの眉間にキュッと皺が寄る。怒り出す前に、俺は暗号の解読法を提示することにした。

「一ページ目の文章から『黄昏』を消す。正確に言えば『た、だ、そ、か、が、れ』の六文字だ。その字を読み方に含む漢字も含めてな」

ヒロインの名前を変えたのは、初期案の『加奈子』では『か』が含まれるから。主人公の一人称を変更したのは『俺』だと『れ』が含まれてしまうから。頻繁に出るこれらの言葉は、暗号を作成する上でどうしても邪魔になってしまったのだろう。

修正ペンで該当する文字を消していく俺の視界に、ブロンドの髪色が割り込んでくる。

「もう少しで終わるから」と引き剝がし、俺は地味な作業を続けた。

三十七文字×十八行という割り付けのページ内で『たそがれ』を含む文字は、最下部の三段のみに集中している。この並びを生み出すため、直人君はヒカリちゃんに怒られるほど大幅な変更を行ったのか。ここまで無茶をしておいて、このページに必要な情報の提示やヒカリちゃんからのメッセージには干渉せずに済ませているのだから、大したものだ。

　程なくして、作業は終わる。一ページ目は、下部三段の所々が虫食い問題のように修正ペンで消された状態へと変貌した。

「これで完成ですか？」

　首を捻るアキに、俺は「ああ」と頷く。

「うーん……寧ろ読めなくなっている気がします」

「それでいいんだ。これは俺達に向けられた暗号じゃない。ヒカリちゃんに向けられた暗号なんだから」

「でも、ヒカリは目が……」

　アキが呟くと、彼女は目に見えて残念そうな微笑を浮かべる。しかし、直人君が、その大前提を見落とすわけがない。

　この世には存在するのだ。目が見えないからこそ読める文字が。

「そろそろ修正液も乾いただろう」

　俺は本を手に席を立つと、ヒカリちゃんの隣に移動して彼女の手を取る。

「人差し指を立ててみてくれ」

「今日は張りついてでもキミの謎を解く！」

僕を指さし、美沙子は宣言する。やる気を見せるのは当人の自由。けど、[illegible]はいくら思案を巡らせてもどうしようもないこと。議論の延長に、意味はあるの[illegible]。

美沙子は長期戦を視野に含め、樹木をぐるりと包むようにして積んであるベン[illegible]に腰を下ろす。煩わしい様子で右の耳を数度揉んでいるのは、数日前に自分で[illegible]こに開けて間もないピアスの穴を気にしてのこと。正直、似合わないと思うの[illegible]。

「悪いけど、今日は講義に出席しないとマズいので」

逃げ口上を披露する。このような言い訳を吐くのは、美沙子を相手取る時[illegible]け[illegible]。

「うっさい。やるの！」

強情なのは美沙子の欠点でもあり、美点でもある。理由は何であっても、[illegible]めに動けるというのは素晴らしく、正答の見えない謎でも追究をやめない。[illegible]実にしつこいので、諦めさせようという僕の思惑は程なくして古木のように[illegible]。

「昨日までの考察は合っていると思うの。あと少しで、全て纏まるはずなん[illegible]」

指でピストルを模す手を顎に当てて、美沙子は思考に耽るポーズを決める。[illegible]を前に腹を括ると、僕はとっておきのヒントを呈する。美沙子の興味は大きく[illegible]て、拳銃のような指を窄めるように顎より離す。こうして、僕の逃げ道は塞[illegible]。

美沙子の視線を釘づけにしているのは、一通の便箋。デザインはなく、色はキ[illegible]イな乳白色。封に使用しているハートシールの示す通り、面白みのないラブ[illegible]ー。

「はい……こうですか？」

ピンと立った小さな人差し指の腹を、俺は小説一ページ目の下部の左側へと誘導した。

途端に、ヒカリちゃんの顔色が変わる。

「これって……」

「ああ」俺は頷く。「点字だよ」

点字とは、目で文字を読むことが困難な人のために作られた文字。僅かな凹凸の配置パターンを文字に置き換えることにより、指先の感覚で文字を読むことが可能となる。先ほど立ち寄った自販機のコイン投入口と返金レバーにそれが刻まれているのをアキが見つけてくれたことにより、俺はこの結論へと行き着くことができた。

点字は基本的に縦三マス、横二マスで形成される。六つのブロックの何処に点があるのかで、示す文字が変わるのだ。この本は文庫サイズなので、それに伴い文字も小さい。点字に必要な三×二の一ブロックは、ギリギリだが指の腹に収まるサイズとなっている。

そして、もっとも重要なのは凹凸。これは修正ペンを用いれば僅かながらに生み出すことができる。点字に慣れている人であれば、読み取ることは可能なはずだ。

ヒカリちゃんは、人差し指を左から右へとスライドさせる。

実を言うと、俺は点字に関しては無知だ。なので、先ほど導き出した答えが何という文字となり浮き出ているのかわからない。勿論スマホで調べればわかっただろうが、内容を一番先に知るのはヒカリちゃんであるべきだと思い留まった。

ただ、悪い返事が書かれていないことだけはわかる。直人君にその気がないのであれば、一ページ目を勝手に変更した際にヒカリちゃんの暗号を消して、うやむやにしてしまえばよかったのだから。

無理を言って様々な点をギリギリで変更して、ヒカリちゃんの告白や物語の流れは残す形でここまでの仕込みを行った。そこまでして生み出した返事が、悪いものであるはずがない。

「何て書いてあったか、教えてくれないか？」

俺が問うと、彼女は目元を拭いながら心底嬉しそうに答えてくれた。

「キミの目になりたい、です」

●

午後四時を回り、学園祭の一日目は幕を閉じた。余った食べ物を投げ売りするクラスもあれば、テキパキと片付けを始めるグループもいる。明日への気合を入れる部活もあれば、スケジュールの確認に余念がない人達もいた。取る行動は様々だが、俺達書道部はというと、

「何で売れないんだよー！」

在庫の山を前に、呆然と立ち尽くしていた。羽流の悲鳴が、ガヤガヤと騒がしい校内に消えていく。

昼過ぎに戻ってきた及川先輩と羽流が抱えていた部数は、何と予定を大きく上回る百部。朝一番の盛況っぷりから見れば十分に完売を見込める数字だったらしいのだが、消費者の心は気まぐれなもの。初版の五十部は一部の人が騒ぎ立てたから奇跡的に売れただけであったようだ。

終盤には俺が『天才書道家・墨森肇』と書かれたスケッチブックを掲げて校内を練り歩くという辱めを受けたにもかかわらず部数は伸び悩み、今は積み上げられた八十部の在庫を前に愕然《がくぜん》としている。

ちなみに、学校のコピー機は故障中だったのでコンビニのプリンターに齧りついて自腹で印刷したそうだ。結果として印刷代はトータルの売り上げを大きく上回り、我らが書道部は大赤字という結果に転落している。

「まあ、仕方ないですよ。明日頑張りましょう！」

アキがお気楽に笑うと、及川先輩と羽流も同調して笑顔を作る。元凶のアンタらは笑っちゃいかんだろう。

眺めていても在庫は減らないので、撤収作業に移った。男だからという理由で段ボールに入ったそれを押しつけられた俺は、ズシリとくる重みを噛み締めながら図書室を出る。面倒なことに、一旦部室まで運ばなければならないらしい。

「私も手伝います」

ひいひい言っている俺に救いの手を差し伸べてくれたのは、アキ。彼女は中身の冊子を持てる分だけ取り出すと、共に部室棟へ向かって歩き出した。

「今回も、肇には言葉の面白さをたくさん教えてもらいました」

「成り行きで解くことになっただけだ。それにまあ、アキのお母さんにこれからも色々教えてあげてくれって頼まれたからな」

彼女の母親と一対一で会った時に言われたことを打ち明けると、隣を歩いていたアキがピタリと歩みを止めてしまった。振り返ると、彼女は優れない顔色をしている。

「……お母さんから言われたのって、それだけですか？」

「ん？　ああ、それだけだけど」

「……そうですか」

零すように言って一人頷いた彼女は、力ない笑みを俺に向ける。

「ごめんなさい……は……あ、アナタは先に行っててくれますか？　すぐ追いつきますので」

「大丈夫か？　体調が悪いなら保健室に」

「いいから、行ってください」

有無を言わさぬ迫力に、俺は戸惑いつつも歩みを再開する。途中やはり気になって振り返ると、アキは冊子の山を一旦床に置き、いつも肌身離さず持ち歩いているメープル色の手帳を開いて食い入るように見つめていた。一体、何がどうしたというのだろう。

部室棟の二階に上がった時、窓の外に直人君の姿を見つけた。向こうも気づいたようで、こちらに向かって手を振っている。別れの挨拶をするには距離がありすぎるが、俺達の間には音を必要としない手話がある。段ボールを床に下ろし、俺は彼に語りかけた。

「ヒカリちゃんは？」

『親の車で先に帰りました』

「色々と、上手くいったか？」

直人君は、笑顔で頷いて見せる。彼が俺の手話を最初に見て喜んでいたのは、話ができる相手を見つけたからというだけではない。おそらく、ヒカリちゃんと自分の仕込んだ暗号を解いてくれるかもしれない人を見つけたから喜んでいたのだ。

『あの暗号をどうしようか、本当に悩んでいたんです。お世話になりました』

手の込んだ暗号を作ったのは大したものだが、彼は印刷後に自らが犯した失態に気づく。単純に、この暗号を解き明かす役割をこなす者がいなかったのだ。解かれた暗号こそヒカリちゃんにしか読めないようになってはいるが、彼女が一人でそこへ辿り着くのは不可能。導き手がいない限り、この作品は未完成のままとなってしまう。

だから、彼は当初自分が仕組んだ暗号を自分で切り出そうとしたのだろう。他に方法がないのだから、恥ずかしくとも仕方がない。しかし、最初に『未完成』と口にしたばっかりにヒカリちゃんを怒らせてしまった。そこに俺とアキが偶然居合わせたのだ。

彼が出会ったばかりの俺に『黄昏を消して』を押しつけて、ヒカリちゃんの話を聞いてやってくれと後を追わせたのは、俺に自分の暗号を解いてくれる可能性を感じたから。どうやら、その期待に添うことはできたようだ。

遠目に見ていた彼が、親と思しき人と合流する。荷物を背負い直した直人君は元気よく手を振ると、最後に別れの手話――ではなく、喉の奥から大きな声を吐き出した。

「は、じめさ、んも、がんばでください！」

ひた隠しにしている俺の恋愛感情は、中学生男子相手には筒抜けだったようだ。

「何だ……喋るの上手いじゃないか」

ヒカリちゃんが聴覚でも直人君を感じられるようになる日は、そう遠くないのかもしれない。そうすれば、二人の間に立ち込める黄昏は消えてなくなることだろう。

「頑張れって、何のことですか？」

視線を窓の外から中へ戻すと、そこには冊子の山を抱えたアキが立っていた。表情は先ほどまでとは一変してけろりとしていて、普段通りのニコニコと楽しそうな彼女に戻っている。

「もう大丈夫なのか？」

「だから、大丈夫って言ったじゃないですか。心配しすぎですよ、肇は」

元気であることをアピールした彼女は「それで、頑張れって何のことです？」と質問を繰り返す。俺は「売れ残ったこの冊子のことだろ」と誤魔化して、部室へ向けた歩みを再開した。

直人君の言う通り、確かに頑張りどころなのだろう。

隣を歩く彼女と行動を共にして、違和感は少しずつ蓄積されてきた。そろそろ、アキ自身の謎とも真正面から向き合う時なのかもしれない。

四話　月は綺麗ですか？

椅子には、背もたれにつかないよう浅く座る。

体全体を自由に動かせるよう背筋を伸ばし軸として、机と体はつかない程度に余裕を持つ。

筆は親指、人差し指、中指で三方から挟むように持ち、半紙に対して垂直に構える。

体の動きが、そのまま筆先に伝わるように意識しよう。

腕は机に接してはいけない。

脇を締めずに、半紙の上を伸び伸びと走らせることができるようにするのが大切だ。

「肇、さっきから何やってんの？」

羽流からの指摘で、俺は空想の世界から帰還する。手に持つ筆はシャープペンへと変わり、机の上の半紙は教科書とノートに戻った。

学園祭が終わり、皆が腑抜けになるのを見計らうように、深根川高校は月末の中間テストに備えるための期間に突入していた。今はこうして羽流と香澄と共に図書室に集まり、テスト勉強に励んでいる。

「で、さっきのは何なの？」

この話題は時間の波に流そうと思っていたのだが、羽流は容赦なく追及してくる。観念した俺は「書道の動作のイメージトレーニングだよ」と包み隠さず答えた。

「そういや肇、書道部に入ったのにまだ何にも書いてないよね」

羽流に痛いところを突かれた俺は、苦い顔を披露する。香澄も「え、そうなのか？」と、勉強の手を止めてこちらに目を向けてきた。

恥ずかしながら、俺は書道を再開すると決めたくせに、今日に至るまで一度も筆を握っていない。おそらくは、怖いのだろう。ブランクのある自分が情けない字を書くことを、俺は恐れているのだ。

だから、いつまで経ってもイメージトレーニングから抜け出せない。黒い海の夢の中でならいくらでも書けるのに、おかしな話だ。

「まあ、焦ることないって」

香澄が優しい言葉をかけてくれるも、羽流が「甘やかしたら駄目だって」と厳しい意見を述べる。俺は愛想笑いを浮かべて「努力するよ」と答えることしかできなかった。

そんな俺の返答に、羽流は力が抜けた様子でテーブルに頬を押しつけた。顔にだらんと垂れたポニーテールの隙間から、睨むような視線が飛んでくる。

「何か肇、張り合いがなくなったな。あんなに粋がってたお前は何処に行っちまったんだ」

「別に粋がってはいなかっただろ……」

「落ち着いたって意味なら、俺も羽流に同感だな」

シャープペンに芯を入れていた香澄が同調した。二人に揃ってそう言われてしまうのならば、実際そうなのだろう。正直なところ、俺自身も実感がないわけではない。

まだ書くには至っていないが、書道ともう一度向き合うことを決めた。書道をやめて以来、燻るだけで捌《は》け口《ぐち》がなかった俺にも目的ができた。焦りや不安がなくなったわけではないけれど、二人の言う通り落ち着きはしたのだろう。

「アキのおかげでしょ」

見透かしたように、羽流が意地悪な笑みを見せる。俺は反射的に立ち上がるも、何も言えず誤魔化すように窓辺へと移動した。そういえば、幽霊文字の謎を追っていた時点で香澄には悟られていたし、学園祭では直人君にも気づかれていたっけ。俺の好意とは、そんなにもわかりやすいのだろうか。

開け放たれた図書室の窓から入ってくるのは、柔らかで心地よい風のみ。普段であればその向こうにあるグラウンドから運動部の練習の声が聞こえてくるはずだが、それは本日パッタリと途絶えている。テストの一週間前に突入すると、全ての部活動は例外なく休みとなるのだ。

「そういえば、アキさんは誘わなかったのか？」

俺の背中へと、香澄から疑問が放られる。まだまだ日本独自の勉強にはついていけないことも多いはずである彼女に、中間テストは荷が重いに違いない。俺としても部活が休みの間に顔を合わせることのできる口実になるので、勿論声はかけていた。

「勉強は一人でやる派なんだそうだ」

しかし、残念ながらそういうことらしい。思い返せば、学園祭当日にも彼女は隙を見つけて勉強していたっけ。あれだけ日本語を使いこなし、事あるごとにメモを取っているアキのことだ。一人きりでも地道に努力する習慣が染みついているのだろう。

「ぷぷぷ、フラれてやんの」

「は？　そういうのじゃないし」

俺の強がりを鼻先で笑った羽流は、唐突に「アキといえばさ」と思い出したように語り始める。

「この間、夜にA町のコンビニの外で偶然出会ったんだよね」

A町か。夜ということは、自宅からフラリと立ち寄った可能性が高い。あの辺りに住んでいるのだろうかと考えたところで、何だかストーカーじみていると感じて思考を止めた。

羽流は話を続ける。

「だからさ、普通にこんばんはって挨拶したんよ。そしたらアキ、何かよそよそしい感じで目も合わせてくれなくなっちゃったわけ。その理由がね」

一呼吸置き、解答が提示される。

「こんばんはが、わからなかったんだって」

ああ、なるほど。それは確かに、日本人側から言わせれば少しおかしく思えるエピソードかもしれない。

おはよう、こんにちは、こんばんは。朝昼夜にわかれている挨拶は、日本語の基礎とも言える。それとも、挨拶やお礼の言葉などは他国語を習う上での第一歩目という考え方は日本だけなのだろうか。

「たまたまこれまで『こんばんは』を知る機会がなかったってだけの話だろう」

結論は、これだと思う。アキがどのようにして日本語を学んで今に至るのかは知らないが、あれだけ自由にお喋りしている姿を見る限り、日本の英語教育のように机に座って単語を暗記するような方法は行っていないと思われた。

言語を習得したいのならば、その国の人と話すのが一番効率的だと聞く。その過程で取りこぼす言葉というのは必ず出てくるものであり、今回はたまたまそれが定番の挨拶の『こんばんは』だったということだ。

「アキさんに限らず、俺達でも日常的に出てくるのに間違って覚えていたり、実は詳しい意味がわからない日本語って結構あるよな」

意図したわけではないのだろうが、香澄の発言はこの場にいないアキを気遣うような内容だった。そういうところが、何とも彼らしい。

「あ、それわかるかも！」羽流が同意する。「アタシ、この間まで『無尽蔵』を『無蔵尽』って覚えてたし」

「俺は『役不足』の意味を間違えて覚えていたな」と、香澄も続いた。

言葉は生き物だとよく聞く。定着した方に意味をシフトするというのは、今も昔も珍しくないことだ。役不足は、その瀬戸際にいる言葉だと個人的に感じる。

「俺は子どもの頃に『東名高速』を『透明な高速道路』だと思ってたな、あとは『台風一家』とか『暴走半島』とか『ハロー警報』とか」

自分なりに定番を挙げたつもりだったのだが、二人は示し合わせたように「それはない」と俺の勘違いを真顔で否定する。

ムキになり語気を強めたところで、図書室の司書さんにポンと肩を叩かれた。

●

図書室から追放された俺達は、互いに責任をなすりつけあった末に『勉強会と称して集まっても、勉強は捗《はかど》らない』というわかりきっていた結論に至り、解散することになった。

俺は英語のノートを忘れたことに気づき、二人と別れて学校へと引き返す。誰もいない教室には、放課後独特の世界から切り取られたかのような異質な空気が滞留していた。

机から目的のものを取り出し、教室を出る。そのまま寄り道せずに生徒用玄関へと向かう道中、大ホールで綺麗なブロンド色が目に留まった。アキだ。

声をかけようと思ったのだが、誰かと話していることに気づき言葉を呑み込む。相手は、白髪の目立つ何処となくアインシュタインっぽい男性。紛らわしいが、理科ではなく国語を担当している俺のクラスの担任、尾長先生だ。

「ホワイトさん、本当にいいのですか？」

「はい」

「ですが、他の人と同じ内容のテストでは難しすぎるのではないですか？」

どうやら、アキが受けるテストについて話をしているようだ。彼女は日本語を十分すぎるほど会得しているように思えるが、まだまだわからない部分も多いはず。先生が心配している通り、通常のテストを受けさせるのはフェアではないようにも感じる。

しかし、

「皆と同じで構いません。お願いします」

芯の通った強い言葉で、アキは真っ直ぐに訴えた。そこまで言われては仕方がないと、尾長先生も折れてくれた様子。

彼が歩き去るのを待った後、俺は物陰から顔を出す。「アキ」と声をかけると彼女は驚き、その後少し困ったように目を伏せた。

「ごめん。盗み聞きするつもりはなかったんだが」

「いいえ。全然いいのですけど……他の人には言わないでくださいね」

彼女自身がそう言うのなら、勿論他言するつもりはない。別にやましいことをしているわけではないのだから、隠す必要はないようにも思えるのだが。

「凄いなアキは。だから学園祭の時から、あんなにテスト勉強頑張ってたのか」

「はい。まぁ、そうですね」

「でも、外国から来たばかりなのに皆と同じテストを受けるなんて、なかなかできることじゃないって」

「そんなことないですよ」

「俺に手伝えることがあったら、遠慮なく言ってくれ。特別勉強ができるわけじゃないから、役に立てるかわからないけど」

「肇」俺の言葉を遮り「やめてください。特別扱いは、好きではありません」

睨むような青い瞳を前に、俺は自分の間抜けさを噛み締める。

彼女は自分の生き方を貫いているだけなのに、『外国人なのに』という先入観を押しつけるのは確かに失礼なことかもしれない。

アキが抱える不快感は、おそらく俺が元天才書道少年という経歴に触れられる時に感じるものと似通っている。全面的に、俺の配慮が足りなかった。

「ごめん」

素直に謝ると、アキは怒りの表情を困惑に戻して「私の方こそ、ごめんなさい」と頭を下げた。逃げるように踵を返した彼女へ、俺はせめてもと声をかける。

「明日も香澄や羽流と何処かで勉強していると思うから、もしよかったら連絡してくれ」

「了解です。それじゃあ、テスト勉強頑張ってください」

取ってつけたような激励の言葉を残し、アキは早足で去っていく。後に残された俺は、彼女と喧嘩っぽくなってしまったことを悔いる一方で、先ほどの何気ない別れの言葉に対して不思議な違和感に襲われていた。

「……？」

しかしながら、その正体が摑めない。空を漂う雲のように形がはっきりせず、手のひらに上手く包まれてくれない。

モヤモヤとした気持ちを抱えているうちに、見回りをしていた女性教師に「帰ってちゃんと勉強しなさい」と外に締め出されてしまった。

●

貴重な勉強期間は瞬《また》く間に浪費され、気がつけばテストは三日後にまで迫っていた。本日は金曜日で、明日からの土日でラストスパートをかけ、月曜日がテスト本番となる。結局、アキから連絡がくることは一度もなかった。

教室を見渡すと、勉強方法は人それぞれ。とにかくノートにペンを走らせる者。諦めて腹を括る者。「全然勉強してないわー」と周囲を牽制《けんせい》する者。テストが終わった後の打ち上げを企画する者。俺はというと、残りの期間をとにかく暗記に費やすことにしていた。

テストは、基本的に暗記すればなんとかなる。終われば大方抜け出てしまうものを一時的に詰め込んで何か意味があるのだろうかと思わなくもないが、そのことについて考えるのはテストが終わった後にした方がよさそうだ。

授業を終えると、皆帰り支度をしてそそくさと教室を出ていく。何だかお通夜のような雰囲気だなと余計なことを考えながら、俺も浮かない顔で廊下へと出た。図書室にでも向かおうとしたところで、ふと思い立つ。

「そういや、作品集を持って帰るって約束してたな」

作品集とは、学園祭で書道部が販売した冊子のこと。

及川先輩と羽流がろくに考えもせずに売れると見込んで大量に刷り、二日目も大して売れず、余りに余った約七十部が段ボールに詰め込まれて部室の隅っこに放置されている。遅かれ早かれ可燃ゴミになるのだから、一部くらいもらっても構わないだろう。

方向転換し、俺は職員室へと向かう。一応うちの顧問らしい尾長先生に理由を話して鍵を借りようとしたところ、意外な言葉が返ってきた。

「部室なら、ホワイトさんが使っていますよ」

どうやらテスト期間が始まって以降、彼女はそこを根城にして勉強しているらしい。全ての部活が例外なく休みとなっている今、部室棟は静かで誰にも邪魔されない最高の勉強部屋と言える。驚くことに、今月に入ってからは土日もわざわざ学校にやってきて、部室に籠もっているそうだ。家ではだらけてしまうという性格なら、悪くない選択肢かもしれない。

俺は渡り廊下を進み、部室棟へと渡る。二階の東から三番目にある書道部と書かれたプレートの貼りつけられているドアを二度ノックすると、中からアキの「はい？」という不思議そうな返事が戻ってきた。

「勉強中にごめん」

詫びながらドアを開けると、アキは「何だ、肇ですか」とえくぼを見せた。

「すぐ済むから、勉強を続けていてくれ」

俺は部室内へと体を滑り込ませて、隅っこで埃を被りかけていた段ボールの梱包《こんぽう》を解く。中から冊子を一部取り出すと、それを通学鞄に押し込んで身を翻《ひるがえ》したところで、

「少しだけ、いいですか？」

消え入りそうな声で、アキに呼び止められた。

放課後に、二人きりの部室。やや傾いた太陽が、俺達に優しい光を差し伸べている。何だかいい雰囲気に思えなくもないが、彼女が躊躇いながらも切り出そうとしている話の内容に察しがつかないほど、俺も能天気ではない。

だから、先手を取らせてもらうことにした。

「この間はごめんな。勝手な価値観で、アキの気持ちを逆撫《さかな》でするような言い方をしてしまった」

「え？　そ、そんな！　謝るのは私の方です。ごめんなさい」

「いや、悪いのは俺だよ。偏見が人を苦しめることは、身を以《もっ》て知っているつもりだったのに」

「……そうではないのです」

それは――どういう意味なのだろう。

アキが怒ったのは、俺が『外国人なのに』という価値観で無責任な褒め方をしたからではないのか。しかし、違うというのなら、あの時彼女は一体何に対して怒りを見せたとい

うのだろう。

アキは言葉を続けない。続きがないわけではないが、続く言葉を言いたくないという気持ちが見て取れる。

「……ごめんなさい。今日はもう帰りますね。戸締まり、お願いできますか？」

頷く俺を見た彼女は、テキパキと勉強道具を片付けて椅子から立ち上がると部室の鍵を手渡して「最後の追い込み、頑張りましょうね」と激励し、俺の横を抜けていった。その場に一人残された俺は、また何か気に障る発言をしてしまったのではないかという不安に苛《さいな》まれる。

それを見つけたのは、原因を模索している最中のことだった。

「これって……」

机の上に無造作に放置されていたのは、メープル色のなめし革に包まれた手帳。カバーは開かないよう革のベルトの先にある真鍮《しんちゅう》製のボタンで留められ、桃色のペンが収納されている。厚さが五センチをゆうに超えているルーズリーフの用紙は、側面を見ただけでも様々な色の紙が挟み込まれていることがよくわかった。上部からは、色も幅も長さもバラバラの付箋がいくつもはみ出している。

アキが常日頃から持ち歩き、事あるごとに興味を惹かれる日本の言葉をメモしているあの手帳で間違いない。どうやら、忘れていったようだ。

これは彼女が長年見聞きして集めた成果。パソコンやスマホのように、バックアップは取れない。紛失や破損した場合、取り返しのつかないことになる。大事なものに違いない。

今ならば、まだ校内にいるだろう。取り急ぎ、俺はスマホで彼女に『手帳忘れてるぞ』とメッセージを送る。

しかし、返事が戻ってくることはなかった。

●

自室にしている自宅の離れの元書道部屋に籠もり、好きな音楽を小さな音量でBGMにしながら地理の問題を復習する。地球の地形に詳しくなってどうするのだろうなどと後ろ向きなことを考えていた時、玄関の方からカリカリと引っ掻くような音が聞こえてきた。

スマホを見ると、時刻は夜十時を示している。

「来たか、ボクジュー」

音の主は、案の定半分野良の生活を送っている黒猫のボクジューだった。夜は冷える時季になったので、こうして転がり込んでくる日も多くなってきている。

彼は俺の万年床の中心に我が物顔で陣取ると、そこで丸くなり目を閉じた。ここに来る時は大抵こうなるのだが、悪い気はしない。ボクジューが可愛い寝息を立てるのを見届けた後、俺は英語にも手をつけておこうと通学鞄に手を伸ばす。

そこで、成り行きで持って帰ってきてしまったアキの手帳の存在を思い出した。

流石にもう俺からのメッセージには気づいているはず。これがとても大切なものであることは、まず間違いない。なのに、何故彼女は何の反応も示してくれないのだろう。

「……読んでみてもいいのかな？」

中身を見られたくないのなら、一刻も早く取り返そうとするはずだ。それをしないということは、読まれても構わないと思っているから……というのは、都合のよすぎる解釈だろうか。

「ボクジュー。どう思う？」

寝ているその鼻先に手帳を差し出して尋ねてみると、彼は匂いをクンクンと嗅ぎ、再び目を閉じる。頷いたように見えなくもなかったという言い訳を胸に、俺は手帳が開かないよう留めてある真鍮製のボタンを外した。

書かれているのは、今と使い方が同じなのであればアキがこれまでに収集してきた日本の言葉ということになる。日記などであれば流石に躊躇われるが、そういった内容ならば少しくらい覗いても問題ないはず。

それにこの中には、探している I love you の訳のヒントも隠されているかもしれない。

意を決して、ページを捲る。まず書かれていた文字は、挨拶の種類だった。

「……あれ？」

ここで俺は、妙な点に気づく。思い返すのは、テスト期間が始まった頃に図書室で羽流から聞いた話。A町のコンビニで偶然出会ったアキに、羽流は『こんばんは』と声をかけたが、アキはその夜の挨拶がわからなかったと聞いている。

しかしながら、手帳にはしっかりと『こんばんは』と書かれていた。ここに書かれている以上、アキが見聞きしたことのある言葉なのは間違いないはず。

とはいえ、メモを取っているからといって記憶していると決めつけていいわけではない。誰にでもそんな芸当ができるのなら、テスト勉強如きでこんなに苦しめられるはずがないのだから。たまたま偶然、ど忘れした。十分にあり得る話だと思う。

一度ページを捲れば当初感じていた罪悪感など何処へやらで、手は小説感覚で次へ次へと先に進む。アキのメモに法則性はなく、書きたいと感じた言葉だけを見境なく書き留めているようだった。

小さい文字でびっしりと埋め尽くされたページもあれば、一ページ丸々を大きな一文字に割《さ》いたものもある。読みづらい走り書きもあれば、間違えないよう丁寧に書き写したことが窺えるカクカクとした文字もあった。

書かれている言葉も千差万別。出だしは日常会話で用いられる言葉が大半を占めていたが、そのレパートリーは徐々にアキの趣味嗜好の方向へと気まぐれに移り変わっていく。花。ことわざ。四字熟語。犬種。コンビニ。年号。雨の名前。暴言。漫画の必殺技名。音楽のタイトル。格言。さんずいの漢字。政党。妖怪《ようかい》。昆虫。乾電池のサイズ。病気。定食のメニュー。季語。そして勿論、月が綺麗ですね。挙げていくと際限がなく、子どもが詰め込んだ宝箱の中身のように散らかっている。

既視感の強い文字が出てきたのは、かなり終盤に入った頃だった。

「……俺の名前だ」

『深根川高校』という言葉に次ぐ位置に、俺の名である『墨森肇』という文字がルビ付きで書き留められていた。さらに捲っていくと、転校してきてから二ヵ月足らずでアキが見聞きしてきたことが、断片的に綴られている。

小野羽流。佐村香澄。及川鈴里。他にも、新しくできた友達の名前が多数見受けられた。勿論、人名だけではない。

見ざる、言わざる、聞かざる。これは始業式の日に出くわした間違いの連鎖を解き明かした時にメモしたものだろう。あの事件の日に教えた『お手上げ』『回し手紙』『ぎなた読み』なども同じページに綴られている。

繰り返し書かれた『弭』という文字は、香澄が持ち込んだ件のもの。あの時、彼女は絶対に忘れまいとこの字を必死に書き留めていた。

有頂天から始まり、アナタの耳になりたい。キミの目になりたい。これは学園祭で出会った直人君とヒカリちゃんが示した、アキの心をときめかせた告白の言葉だ。

『テスト勉強』という英語と日本語の合体語を最後に、それ以降は空白のページが数枚続いている。この革製カバーはリング式のバインダーになっているので、穴あきのルーズリーフを差し込めばまだページ数を増やすことができる。とはいえ、厚さ的に見ても限界は近いだろう。

「ふぅ」と、無意識に吐息が漏れた。伸びをしてからスマホを手に取ると、時刻は夜の十一時に差しかかっている。振り返ると、俺の布団の上ではボクジューが手帳を読み始める前と変わらない格好で眠っていた。

「……本当に、アキは言葉が好きなんだな」

思えば、学園祭で出会った彼女の母親もそう言っていた。そして、これからも色々と教えてあげてほしいと頼まれている。寝転がって和風照明をぼんやり見つめていると、勉強疲れからか急激な眠気に襲われた。今日はもう寝ようかと手帳を畳もうとしたところで、それは突如として視界に飛び込んでくる。

住所だ。最後のページの裏側、つまりはカバーを裏から開いた場合最初に出てくる位置に、住所と名前と自宅の電話番号が書かれていたのだ。大事なものだからこその、紛失対策。何も不自然なことではない。

――しかし、そこには俺が知る彼女のそれとは異なる名前が記載されていた。

「小早川《こばやかわ》……亜希《あき》？」

呟いた誰のものかもわからない名前が、畳へと染み込んでいく。

●

翌日は土曜日で、学校は休み。だが、先生達は俺達と違い、土日でも誰かが出勤しているものらしい。テスト期間ともなれば、その準備で尚更だろう。

学校に電話をかけて尾長先生に代わってもらい、今日もアキが来ているか尋ねてみる。案の定彼女は休日である今日もわざわざ登校して部室に籠もっているという情報を得たところで、俺は自宅を出た。

自転車に跨り、向かう先は学校……ではなく、A町。羽流はアキとA町のコンビニで夜に偶然出会ったと言っていた。そして、手帳の主の住所もまたA町になっている。俺は、そこへ赴こうとしていた。

交通量の多い県道を避けるように裏道を進み、捕まった踏切の遮断機に多少イラつきつつ目的地を目指す。途中でボクジューのような黒猫を見かけたが、流石にここは俺の家から遠すぎるので、他猫の空似だと思われた。件のコンビニらしき場所を右折して奥の路地を進むと、デコボコした見た目の背の高いベージュ色のマンションに到着する。どうやら、ここで間違いなさそうだ。

自動ドアを通り、管理人らしきお爺《じい》さんに軽く会釈をしながらインターホンに近づく。手帳に書かれていた三桁の部屋番号を打ち込むと、程なくして『はい、小早川です』という女性の声が返ってきた。

「突然すみません。深根川高校に通う墨森という者ですが、校内でこちらの住所が書いてある手帳を拾いまして」

嘘はついていない……と思う。

『どうぞ』

短い電子音が鳴り、オートロックが解除される。ドアを入ってすぐのエレベーターに乗り込んだ俺は、目的地である五階のボタンを押した。

外気に晒《さら》されている通路を進み、三桁の番号がピタリと嵌まる部屋の前で歩《ほ》を止める。ドアの横にあるインターホンを押すと、奥からパタパタと小走りで近づいてくる足音が聞こえてきた。

「お待たせ」

中から顔を覗かせた小早川さんは、予想通り学園祭で出会ったアキの母親だった。娘と同じ、金髪碧眼。その見た目に、日本的な苗字は正直あまり馴染んでいない。

「やはり肇か」と、彼女は嬉しそうにしていた。ここがアキの家であることはもう疑いようがない。つまり、現時点でアキ・ホワイトと小早川亜希は同一人物であることが確定した。

「この手帳、返しておいてください」

厚みのある手帳を鞄から取り出して、アキの母親に差し出す。彼女がそれを受け取った時点で、俺がこの場に留まる口実は失われてしまった。

考えていることがある。確認したいこともある。俺は持ち帰った手帳を読み込み、推論を構築し、アキに纏《まつ》わることで一つ行き着いた答えを抱えてここに来ている。学生の本分である勉学をそっちのけで、どうしても解きたい問題を前に立ち往生している。

だが、俺のやろうとしていることは正しいのだろうか。余計なお世話以外の何ものでもないのではないだろうか。そのモヤモヤとした気持ちに居ても立ってもいられなくなったからこそ、俺は今この場所にいる。

「少し、お話ししたいです」

ようやく言葉を捻り出すと、アキをそのまま大人へ成長させたかのような顔が俺を覗き込んでくる。

「若い子から誘われるとは、私もまだまだ捨てたものではないね」

「からかわないでください」

彼女はカラカラ笑うと「どうぞ」と俺を家の中へ招き入れてくれた。

●

ＬＤＫに通されて、ダイニングの椅子に座るよう促される。二十畳はありそうな室内には観葉植物が多く置かれ、五階という高さの窓から日光が遮るものなく燦々《さんさん》と緑に降り注いでいた。

部屋の片隅には、まだ引っ越してきてから荷解《にほど》きしていないと思われる段ボールもいくつか積み上げられている。

テーブルに置かれたのは、コップに入った緑茶と羊羹《ようかん》。

「アキのおやつだけど、食べて」

「はい」

「なら結構です」

「ははは、嘘だよ」

何がそんなに嬉しいのか、彼女は終始ニコニコとした笑顔を携えながら俺と向き合っている。

「俺の顔に、面白いものでもついてますか？」

顔そのものが面白いと言われたらどうしようもないなと思っていたところ、彼女は首を横に振り「ありがたいの」と手元に置かれた緑茶の中に言葉を落とした。

「肇が解決した謎のことは、アキがよく話してくれた。そのキミが、おそらく中身を覗いただろうコレを持ち私の元を訪ねてきてくれている」

彼女はテーブルの上にある革の手帳を指先で叩く。住所を知っていた時点で、中身を読んでしまったことはお見通しのようだ。

「すみません」

「謝らないで。それよりも、そろそろ聞かせて。いつも娘の前で話してくれているみたいに」

俺が何かに気づいてここを訪れたことは、どうやら見抜かれているらしい。おかげで、躊躇する理由もなくなった。俺は緑茶を一口いただき、潤《うるお》った喉で語り始める。

「娘さんは、自己紹介の際にアキ・ホワイトと名乗りました。ですが、本名は手帳に書かれていた小早川亜希ですよね？」

彼女は頷く。

「では、何故アキは違う名を名乗ったのか。これから述べる考察が、見当違いであれば申し訳ありません」

要はこれも、アキの好む言葉の謎なのだ。俺はこの家に上がらせてもらう前、きちんと目的を述べている。それは、目の前の彼女と少し話をすること。そして、その目的は今こうして達成されている。

俺は目を動かし、使えそうなものを探した。

「すみません。これは何という名前ですか？」

指差したのは、二人の間に挟まれているテーブル。チョコレートのような色合いをしており、一見綺麗だがよく見ると細かい傷が多く見受けられる。彼女は不思議そうに小さな顎へ手を添えた。

「机のこと？　それが何？」

「では、これは？」

俺は手元のコップを示して尋ねる。彼女は「湯呑《ゆの》み」と答えた。

「では、その中身はわかりますか？」

中は当然、緑茶である。その簡単な問いかけに、彼女はなかなか答えない。返答を待たず、俺は続けて「なら、これはどうです？」と羊羹を示す。彼女はさらに難しい顔をした後、ハッとした様子で俺に視線を向けた。

「……もしかして、もう見抜いたの？」

「意地悪をしたようですみません」

頭を下げてから、俺は指摘する。

「アナタは、苦手な日本語独特の発音を避けて会話している」

日本人が英語を習う際に、よく『LとRの発音の使い分けができていない』と指摘されることがある。それを教えられてもなかなか身につけられないのは、これまで用いてきた日本語という言語の中にそれらを区別する発音が存在しないからだ。今まで自分が生きてきた世界に存在しなかった発音をやってみろと言われても、難しいのは当然のこと。

そして、英語を母国語とする人が日本語を習う際にも同様の困難が生じる。日本語を習う際に躓《つまず》きやすい発音として挙げられるのは、主に長音、促音、撥音《はつおん》、拗音《ようおん》の一部の四種。

長音とは、文字通り伸ばす発音を示す。平仮名では『おばあさん』の『あ』のように母音で示され、カタカナでは伸ばし棒の『ー』で表現される。

次に促音だが、これは小文字の『っ』のことだ。続く撥音も、シンプルに『ん』を示している。

最後に拗音。これは小文字の『ゃ、ゅ、ょ』のことだが、とりわけ『りゃ、りゅ、りょ』は難しいそうだ。

学園祭で出会った時から今日この時に至るまで、彼女はこれら四種の発音を一度も使用していない。

彼女は俺からの質問責めに対し、長音を含む『テーブル』を避けて『机』と答え、促音を含む『コップ』を避けて『湯呑み』と答えた。駄目押しの『緑茶』と『羊羹』に関しては、差し替えのできる言葉を思いつけなかったのだろう。

テーブルなどは英語なのに長音を含むではないかと思う人もいるかもしれない。しかしこれらは、所詮《しょせん》日本人が組み替えたカタカナ英語に過ぎない。正しい発音をそのまま置いたのなら『テーブル』は『ティボォ』のようになる。こういった自国語への変換が多いから、日本人の英語の発音は上達しないのだろう。

「本当に驚いた。いつわかったの？」

見抜かれたからなのか、彼女は禁じていたそれらをあっさりと解禁した。確かにその発音はやや引っかかる気はするものの、全然気にしなくていいレベルだと思う。とはいえ、当人としては気になるから話し方を工夫しているのだろう。

「学園祭で少しお話しした時から、違和感は感じていました。この推論に至ったもう一つのきっかけは、娘さんから聞いた何気ないこんな言葉です」

前置きして、俺はテスト期間が始まって間もない頃に聞いた、アキの去り際の言葉を口にする。

「了解です。それじゃあ、テスト勉強頑張ってください」

彼女はそれを頭の中で復唱すると、やがて「なるほど」と納得する。

「私の苦手な言葉が、全て含まれているね」

「はい。『了解』と『それじゃあ』と『勉強』に拗音。中でも『了解』には、拗音でもっとも難しいと言われるうちの一つの『りょ』が含まれます。他にも『それじゃあ』に長音、『頑張って』に促音、『勉強』と『頑張って』の双方に撥音が入っています」

　驚いたような、半ば呆れたような反応を示している彼女の感想を待つことなく、俺は推論を畳みに入る。

「アナタが四種の発音に苦手意識を感じて避けているのは、先に習得した英語の発音が口に馴染んでいるからこそです。ですが、アキにはそれらの発音を気にする様子は見られず、俺達と何ら遜色ない発音を使いこなしているように思えます。当然、努力して日本人顔負けの発音を習得する外国の人は大勢いるでしょう。ですが、アキはアメリカからこちらに引っ越してきたばかりだと聞いています。いくら勉強していたとしても、やはりその完璧すぎる発音はおかしい」

　その違和感は、出会った当初からずっと感じていた。勉強したから、練習したからという理由だけでは納得し切れないほど、彼女は日本語を使いこなしすぎている。

　ここまで来ると、行き着く結論は一つしかない。

「アキは、アナタと小早川さんという男性との間に生まれたハーフ。日本で生まれて日本で育った小早川亜希という名の少女で、彼女は意図して外国人のふりをしている。違いますか？」

俺の導き出した答えを前に、彼女は薄《うっす》らと、そうするしかないかのように微笑んで見せる。

「確信する理由は？」

「アキが母国で英語を身につけた後に日本語を習ったのではなく、日本語を先に、もしくは英語と並行して日本語を習ったならば、苦手な発音がないことも納得できます。両親共にアメリカ人で、帰化して『小早川』という苗字を取得した可能性も考えましたが、それには長い年月が必要であることも調べました。ならば、アナタが小早川という人と結婚して生まれた子だと考えるのが一番自然です。もっとも、外見的特徴にアナタの遺伝子が色濃く出てきているので、俺も日本人とのハーフだとは思いませんでしたけど」

アキが彼女の連れ子という説も考えた。向こうで白人男性との間に生まれたのなら、あの容姿は納得しやすい。再婚相手が小早川という人だったということなら、思春期のアキがその姓を名乗ることを拒んでいるとも考えられる。

しかし、彼女にそんな物心がつく年まで育った後の再婚ならば、アキは日本語よりも先に母国で英語を定着させたことになるので、母親と同様に発音に対する苦手意識が残っていても不思議ではないはず。かといって、アキの英語が舌に馴染む以前に再婚していたのなら、それは物心がつく以前から小早川という男性が父親だったということになるので、余程家庭が上手くいってない限りは苗字を拒む理由もないはずだ。

考察を述べ終えた俺を前に、彼女は小さく拍手を送る。

「凄いね、肇。ほぼキミの言う通りだよ」

ほぼ、か。想像で補うしかない部分もあったので、何か見当違いがあるのかもしれない。しかしそれは指摘するほどのことでもないのか、彼女はつらつらと話を進めた。

「アキは、アメリカ人の私と日本人の夫との間に生まれたハーフ。顔立ちは私に似てるけどね。ホワイトは、結婚する以前の私の姓。あの子は正真正銘、日本で生まれて日本で育った日本人みたいなものだよ」

その結論には、ここを訪れるより前から行き着いていたはず。しかし、いざこうして実の母親の口から言われてしまうと、推測は空想の域を出て現実みを帯びていく。

同時に現れるのは——新たな疑問。まだ解けていない、手をつけることのできない大きな不思議。

「アキが実質日本人だというのなら……おかしな点があります」

「ええ……そうね」

だって、そうだろう。

確かに日本語は無駄に数が多く、同じ意味の言葉が重複していて、日本人でもめんどくさいと感じるほどだ。そこらの日本人が扱えない日本語などごまんとあり、読み方や漢字をど忘れしてしまうことも度々ある。

しかし、そこを差し引いても納得できない。

「アキは、日本で生まれ育ったにしてはあまりにも日本語を知らなすぎる」

ここで初めて、彼女は俺から逃げるように双眸を逸らした。

日本語の知識不足は、アキ自身も認めている事実。だからこそ彼女はこの手帳を常日頃から持ち歩き、事あるごとに言葉を収集してきた。

それは、彼女が日本に来て間もない外国人だからだと思っていた。その前提が崩れた今、日常であったあの行動は奇妙なものへと変貌する。

「ごめんね」彼女は、目を合わせぬまま詫びる。「そこから先は、私の一存では話せないの」

親でも話せない、娘のプライベートな問題。気にならないと言えば嘘になるが、ここで身を引くのも一つの正解なのだと思う。

俺は気遣いができなかったから、先日アキを怒らせてしまった。同じ過ちを繰り返してはならない。

そう頭ではわかっていても、知りたい。結局は俺もアキと同じで、どうしようもない知りたがりなのだろう。

中間テストが終わると、すぐに暦は十一月へと移り変わった。冬を匂わせる寒さが急に身に染みるようになり、通学時に防寒具を纏う生徒の姿もちらほらと見受けられる。

試験後一週間も経てば、テストの結果は全て開示された。一応進学校なので、結果は学年ごとに有無を言わさず廊下に貼り出される。プライバシーも何もあったものではない。約百八十人いる一年生全体の中で、羽流は二十二位。あれで何気に頭がいいから手に負えない。香澄は六十八位とそこそこ健闘していたが、俺は九十八位と振るわない結果となった。羽流が弄ってくるが、直前で抱えることになったアキに関する悩みを暴露するわけにもいかず、我慢を強《し》いられる。

そして、渦中のアキはというと百四十二位。褒められた結果ではないけれど、外国から来て間もない彼女が叩き出した結果と考えれば、十分立派に見えるだろう。――しかし、それは嘘であることが判明している。

テスト後から再開された部活でも、アキにいつもと変わった様子はなかった。手帳は母親に返したので、彼女がそれを使いいつものようにメモを取る姿も何度か目撃している。俺が家を訪ねたことは知っているはずなのに、それについて言及してはこなかった。

アキの母親は、あの日俺が解き明かしたことを娘に何も伝えていないのだろうか。

「話がある」

部活がお開きとなったタイミングで、俺は意を決して彼女にそう切り出した。既に廊下に出ていた羽流と及川先輩が、顔を見合わせると途端にニヤニヤとし始める。

生憎だが、彼女達が想像しているようなことは起こらない。羽流は「んじゃ、戸締まりよろしく」と鍵を放り投げると、俺に意味不明のアイコンタクトを送り及川先輩を連れて去っていった。

部室には、俺と彼女だけが残される。

「筆の使い方、なかなか様になってきたな」

「そうですか？　まだまだ思うようには書けそうもありません」

「伸び伸びと書けばそれでいいんだよ。アキなら、書きたい文字がたくさんあるだろう？」

「はい。書いても書いても、物足りません。私は言葉が好きですから」

続けて、彼女は力なく笑う。

「肇。もったいぶるのはなしにしましょう」

こんな雑談をするために俺が呼び止めたわけではないことに、アキも気づいているようだ。俺は彼女の母親と会ったあの日以来、教えてもらえなかったアキに関する謎について幾度となく思考を巡らせてきた。例の浜辺の夢の中でも、筆を振るいながら繰り返し可能性を模索した。踏み込むべきではない事柄かもしれないと頭では理解しつつも、考えずにはいられなかった。

その結果として、一つこれではないかという解答を大切に抱えて持ってきている。

「アキが、生まれも育ちも日本だってことはわかった」

「はい。お母さんから聞きました」

やはり聞いていたのか。状況が好転したわけでもないのに、少し安堵している自分がいる。アキは閉じている窓ガラスに手を当てて、帰路を辿る学生達の姿を眺めていた。

「私の手帳、読んだのですね」

「ごめん……でも、あれはわざと置いていったんじゃないのか？」

そう思う理由は、手帳に気づいた俺がすぐに送ったメッセージに何の反応も示さなかったから。肌身離さず持ち歩いていた、大切な宝物だ。放置するからには、何かしらの意図があるからと受け取る方が納得できる。

「いえ、忘れたのは本当です。あの時の私は、慌てていましたから」

「じゃあ、何ですぐ受け取りに来なかったんだ？」

「うーん……何と言えばいいのでしょう」

アキは窓ガラスにコツンと額を当てて、しばし思考を整理する。

「肇から手帳の連絡をもらった時、私は少し自暴自棄になってしまったんです。もういいや、疲れちゃったって。だから、勝手は承知で肇に預けることにしました。勿論、こうなる可能性も視野に含めた上で」

窓に反射している彼女の青い瞳は、外の景色よりも遥か遠くを眺めているように見えた。アキはやや言葉に詰まりながら、何かを覚悟した声色で切り出す。

「私は、卑怯《ひきょう》者なのです」

唐突なその言葉に、俺は「そんなことない」と返す。アキは強張《こわば》った顔で振り返った。

「そんなことないって、肇は気づいているんですよね？　私はずっと日本で暮らしてきたのに、アメリカから来たと偽っています。今回のテストの結果も、本来なら褒められた点数ではないのに、外国から越してきて間もない生徒の点数と考えれば評価は跳ね上がります。どう考えても卑怯でしょう」

彼女は自分の瞳に触れると、指先で何かを摘まみ取った。それを握り締めると、二、三度瞬《しばた》かせた後に俺を見据える。その瞳は――いつもの美しい青ではなく、ブラウンだった。

「見ての通り、青い目はカラーコンタクトレンズです。他は髪色も含めてお母さん似なので、瞳さえ誤魔化せば誰もが外国人として疑いもせずに受け入れてくれます」

瞳の色を変えていたことは、正直見抜けなかった。その目が覚めるような青い瞳も、母親のものをそのまま受け継いだのだと思っていた。しかし、日本人である父親の血もしっかりと見た目に現れていたらしい。

「……確かに、卑怯かもしれない。だが、それは何も理由がなければの話だ」

理由。それは単なる空想ではなく、確実に存在している。だからこそ彼女は、僅かに唇を震わせているのだ。

「テスト期間が始まった頃、放課後の大ホールでアキは俺に『特別扱いは好きじゃない』と怒った。そんな子が、理由もなく特別扱いされる状況をでっちあげるわけがない」

「そんなの、ただの演技かもしれませんよ？」

「演技じゃないさ。何故なら、尾長先生はアキに他の生徒と同じテストを受けさせることを不公平だと感じていた。だからあの時、大ホールでアキが嫌う特別扱いを打診していたんだ」

彼女は日本で生まれ育った、日本人とアメリカ人とのハーフ。その情報を改竄《かいざん》して学校に提出すると、下手をすれば犯罪にもなりかねない。

「つまりアキは、日本育ちだと理解しつつも教師側が配慮しなければならない事情を抱えている。だからこそ、本名の小早川ではなく母親の旧姓であるホワイトを校内で名乗ることが黙認されていた。そしてその事情は……アキが日本生まれ日本育ちなのに、知らない言葉が多すぎることに関連している」

彼女は、初めて出会った時から『多くの言葉を知りたい』と事あるごとにメモを取っていた。外国人だからという観点で見れば、それは好奇心溢れる前向きな行動に思える。だが、日本育ちであるという前提に立つと――言葉を失《な》くすまいと、拾い集めているようにも見えた。

アキは手帳の一ページ目にあった『こんばんは』を、日本人なら知らない確率がゼロに近いこの言葉を忘れていた。それだけではない。俺は何度か、彼女が首を傾げる言葉を説明してきた。だがいずれも、高校一年生が使えないはずのない言葉ばかり。

「学校側が気を遣い、尚且つアキは内心ではやりたくないはずであるアメリカ人のふりをしている。それは、外国人の皮を被れば日本語が多少不自由でも好奇の目を向けられないから」

すっかり押し黙ってしまった彼女へ、俺は結論を放る。

「アキ。キミは失語症なのか？」と。

彼女はスカートの裾を強く握り締める。その顔は泣きそうでもあり、怒りそうでもあり、同時に悔しそうにも思えた。それでもアキは最終的に破顔して見せて「はい」と俺の推論を肯定する。

「小さい時に交通事故で頭をぶつけてしまいまして。それ以来、言葉に関する脳の機能に不具合が生じてるらしいのです」

知っている。この考えに至った時点で、散々調べたのだから。本来は脳卒中などにより併発する高次脳機能障害として発生する場合が多いため、高齢者の病《やまい》というイメージが強い。読む、書く、聞き取る、意味を理解するといった言葉を操る上で必要不可欠となる情報の処理に、異常が生じてしまう。発症すれば言葉の意味を理解できても返す言葉が出てこない、文字が書けない、読めない、知っているはずの言葉を忘れてしまうなどの症状が現れる。

今にして思えば、それを示唆する場面は何度かあった。

幽霊文字の謎を追っていた時、アキは二週間ほど前に教えた『お手上げ』の意味をもう一度尋ねてきたことがあった。香澄に幽霊文字の真実を話し終えた早朝のベンチでは、泣きながら繰り返しその名前を『忘れないから』と手帳に刻みつけていた。

学園祭の一日目が終わり、在庫の冊子を部室に運んだ時、彼女はたった一度だけ俺を『アナタ』と呼んだことがある。あの時は、おそらく突発的に俺の名前を忘れてしまったのだろう。

「でも、アキは十分すぎるほど普通に話せている」

この病は、症状の重さにもよるがリハビリによる成果が見込めるのだ。失語症に陥ったアナウンサーが、努力の末に仕事に復帰できたという例も存在する。

「頑張りましたので。おかげで、日常生活にはほぼ支障がなくなりました。それでも、少しずつ言葉を忘れてしまいます」

彼女は自分のブロンド色の頭を撫でながら、困ったようにえくぼを見せる。

「普通に話している途中で、唐突にモザイクがかかるような感じでしょうか。知っているはずなのに言葉が出なかったり、言葉は知っているのに意味が呑み込めなかったり。完全に忘れてしまってることもありますし、多分今こうしている間も、私は普段使わない言葉を忘れてしまってるのです」

彼女は愛用している手帳を、仔猫《こねこ》でも弄《もてあそ》ぶかのように優しく撫でた。

「だから、なくさないよう必死にコレに書き集めています。定期的に読み返して、定着させようとしています。それでも、やっぱり取りこぼすのですよ。この間なんて、羽流の前で『こんばんは』が理解できなくて恥かいちゃいました」

照れた様子で笑っているが、その笑顔が辛い。無理をしていることが、嫌でも見て取れてしまう。

「だから、暗記ものが基本のテストは苦手です。今回も結構前から頑張っていたのですが、結果はこの様《ざま》です」

だから十月の頭からテスト勉強を始めていたのか。ハンディキャップを抱えても尚この結果を得られたのなら、それは十分に褒められるべきことだと思う。しかし、彼女はそれが嫌だからアメリカ人のふりをしている。

病人扱いされるよりも、外国人扱いの方がいい。そう思ったから、生まれ持った容姿で日本育ちの自分を覆い隠した。それは皮肉にも、失語症の隠《かく》れ蓑《みの》としては出来すぎている。

アキは窓辺から移動すると、疲れたように椅子へ腰を落とす。天井を仰ぐと「あーあ、全て言ってしまいました」と、恥ずかしそうに零した。

「私こんな調子ですから、肇と出会えた時はとても嬉しかったのです」

「えっ……何で？」

「決まっています」彼女は、尚も笑顔で「私の知らない言葉を、たくさん知ってるからですよ」

確かに俺は、人より言葉を多く知っているかもしれない。それは昔、書にしたためる文字を探して見境なく言葉を漁ったからだ。そうまでしても興味を持てる言葉を見つけられなくなった俺は、始業式の日に初めて出会った彼女に酷いことを言ってしまった。

アキが羨ましいよ。頭を真っ新にして、もう一度知る喜びを感じたい、と。

同じ言葉を何度も繰り返し知ることが決して幸せではないことが、今ならばよくわかる。俺がそう言った時に彼女が激怒した理由も、今なら痛いほど理解できる。

「肇に出会って、手帳にメモを取る回数が格段に増えました」

「やめてくれ……礼を言われる筋合いなんて、俺にはない」

「そんなことありません。できればこれからも、私にいろんな言葉を教えてください」

「だが、俺はキミに酷いことを言った」

「そんなこと気にしなくていいですよ、は……ッ……っ」

朗《ほが》らかであった彼女の顔は突如として歪み、失くしたものでも探すように視線を這わせる。悟った俺は、助け船を出した。

「肇だよ。墨森肇」

「はい……肇。知っています。知っているんです。でも、私は時々こうなってしまうのです……」

かける言葉が見つからなかった。おかしな話だ。だって俺は、人よりもずっと多くの言葉を知っていると自負しているのに。使えないのでは、役に立たないではないか。

アキは両目をゴシゴシと擦ると、取り繕った笑顔を披露する。その姿を前に、今度は俺が泣きそうになった。眼球の裏側が、熱を帯びてくるのがわかる。

「肇が気に病むことなんて、何もありません。だから、明日からも私にたくさんの言葉を教えてくださいね」

そう望む、望んでくれている彼女に、俺は返事ができない。

資格がないから。不相応だから。知識をひけらかすしか能のない俺が上っ面《つら》だけの言葉を彼女に伝えたところで、意味があるとは思えない。きっとまた、取りこぼす悲しみを与えてしまうだけだ。だから、首を縦には振れなかった。

たとえそれが、愛しい人の願いでも。

「……また明日」

俺からの返事を諦め、アキは部室を出ていく。一人残された俺は、陽が落ちるまでその場に佇んでいた。

●

帰宅するなり、俺は離れの書道部屋に荷物を放り投げ、万年床に倒れ込む。仰向けに寝がえりを打つと、子どもの頃は顔のように見えて怖かった天井の木目が俺を見下ろしていた。俺が玄関の敷居《しきい》を跨《また》ぐ際に滑り込んできたらしいボクジューが餌《えさ》を強請《ねだ》る声で鳴いているが、立ち上がるには少し時間がかかりそうだった。

「何がしたかったんだ、俺は」

自問が、布団へと吸い込まれていく。

俺は今日、アキの抱える問題が失語症であるという謎を解いた。いつもなら、彼女は俺の解説を楽しそうに聞いてくれる。しかしながら、今日は当然そうはいかなかった。

人が持つ知りたいという欲求については、俺は勿論アキも否定しないだろう。本能に従い、俺は知ろうとしただけなのかもしれない。知って、知識の本棚のコレクションが増えて――それで終わり。

俺はただ己の欲求を満たすためだけに、アキが鍵をかけていた扉を開け放った。そのくせ中に踏み込もうともせず、こうしてノコノコと帰宅している。

「馬鹿じゃないか。これじゃあ」

本当に、大馬鹿野郎だ。告白する勇気すら未だ持てない根性なしが、何を調子に乗っていたのだろう。きっと俺は、いい気になっていたのだ。蓄《たくわ》えた言葉の知識でいくつかの不可思議を解くことができたことに、浮ついていた。探偵にでもなったつもりでいたのかもしれない。

「よう、肇」

上の空で思考の泥沼に浸かっている俺の耳に、聞き慣れた男性の声が響く。眼球だけを玄関の方へ向けると、そこにはコンビニのポリ袋を下げた香澄が立っていた。彼の背中には、羽流も隠れるようにして立っている。

鉛のように重く感じる上体を起こして「いきなりどうした?」と問うと、羽流が「肇がメッセージに返事しないから来てやったんだよ!」と怒鳴ってきた。スマホを確認すると、確かに彼女から『告白上手くいった?』というからかうようなメッセージが入っている。そういえば部室で俺がアキを呼び止めた際、羽流はついに告白するのだと勘違いしていたんだっけ。

「……ああ、俺が失恋したと思って励ましに来てくれたのか」

どうやら図星だったらしく、羽流は香澄から奪い取ったポリ袋を「うっせー！」と俺に投げつけてくる。散乱した菓子類は、どうやらお見舞いの品のつもりのようだ。不器用な優しさに、堪らず笑いが込み上げてくる。

「ありがとう。心配かけて悪かったな」

「……やっぱ、丸くなりすぎて気持ち悪い」

素直に感謝を述べたというのに、酷い言われようだ。「とりあえず、適当に座ってくれ」と促すと、二人は空いているスペースにそれぞれ腰を下ろす。羽流はボクジューに気づき「おお、猫いるじゃん」と手を伸ばすも、餌をもらえず不機嫌だった彼に猫パンチを浴びせられていた。

「それで、本当に振られたのか？」

ボクジューの餌入れにドライフードを入れていると、香澄が探るように訊いてくる。

「いや、告白はしてないよ」俺は続けて「でも、振られた方がマシだったかもな」

「何だそりゃ」

羽流が理解不能と訴えるように顔を顰《しか》める。実際、二人にはわけがわからないだろう。俺もできることなら話して聞かせたいが、外国人のふりをしていることも、失語症を患っていることも、アキのプライバシーに関わる問題だ。部外者の俺が独断で話していいことではない。

とはいえ、そこを伏せて説明するのは非常に難しい。それでも心配して顔を出してくれた友人達のためにと言葉を探ってみる。

「何というか……一人で空回りして、失敗した。アキのことを、不用意に傷つけてしまった」

「それは謝れば解決することじゃないのか？」と、香澄が堅実な意見を述べる。

それでも、一応解決はするだろう。ただし、確実に蟠りは残る。お互いに、これまで通りというわけにはいかなくなる気がした。

「それだけじゃ、多分駄目だ。もう一歩踏み込まないと」

「なら、やっぱ告白しかなくない？」

菓子の袋を開けて食べ始めていた羽流が、そんな言葉を投げてくる。彼女は二言目には告白しろと言ってくるが、あながち間違っているとも思えないのだ。一度距離ができてしまった相手に好意を伝えるというのは、関係の修復を図る上で決して間違ってはいない。

ただし、失敗すれば相手との距離が果てしなく広がってしまう諸刃《もろは》の剣《つるぎ》ではあるが。

「俺だって、告白する気がないわけじゃない。でも、それに適する言葉がまだ見つからないんだ」

アキは言った。夏目漱石が訳したI love youを『月が綺麗ですね』が、もっとも好きな日本語であると。それを聞いた始業式の日以来、俺はずっとその訳を超えるものを探してきた。

「努力はしてきたつもりだ。だが、どれもこれもピンと来ない。彼女の心に響く言葉でないと、告白しても意味がないだろう。だから思考に思考を重ねて少しずつ」

「馬鹿か肇は！」

立ち上がった羽流が、俺の胸倉を摑んで吠える。

「そんなもん、探して見つかるわけがないだろッ！　告白は謎解きじゃないんだよ！」

——ああ、そうだ。彼女の言う通りだ。

とにもかくにも、情報を集めようとする。完全に、俺の悪い癖だ。拾った知識を綺麗に並べても、それは結局俺の言葉ではない。

告白は謎解きと異なり、答えがないものだ。その答えは、俺自身が生み出す外ない。では、具体的にはどのようにすればそれは見つかるのか。その答えに、俺は気づかないふりをし続けてきたのだろう。

文机の引き出しを開けて、取り出したのは大小一対の筆。書道に挫折した当時の俺が真ん中からへし折り、それをアキが絆創膏で補修してくれたあの筆だ。

やるべき道は、あの時既に示されていたのだ。他の誰でもない、アキ自身の手によって。

「試してみたいことがある」

結局のところ、動かなければ何も始まらない。

「ようやく書くのか、肇」と、香澄が口角を上げた。一方の羽流は「書くって、何を書くわけ？」と小首を傾げている。

俺は、吹っ切れて笑顔を作った。

「決まってるだろ。ラブレターだ」

●

「香澄。墨汁ってまだあるか？」

「あるだけ買い占めてきたから心配するな」

「羽流、書けたやつそっちに並べてくれ」

「はいはい」

高校生三人が忙《せわ》しなく動き回る、墨森家の離れ。時刻は、とうの昔にてっぺんを回っていた。二人共、体のあちこちに墨をつけながら俺の我儘に愚痴の一つも零さず付き合ってくれている。これが終わったら、しっかりとお礼をさせてもらおう。

ここまで熱心に筆を振るったのは、何年ぶりのことだろうか。一度折れてしまっている筆は案の定手に馴染まず、最初の方は浸す墨の量や姿勢、呼吸法に至るまでを書きながら手探りで思い出すところから始めた。おかげで、感覚は摑めてきた気がする。

山のようにあった半紙の束は、見る見るうちに減っていく。大半は少しかびてしまっていた。どうせ今しばらくは納得のできる字が書けないのだから、気にせず筆を大いに振るう。

俺からアキへ贈る言葉とは、一体どのようなものだろう。持ち前の知識の中から、とにかく思いつく言葉を書き綴っていく。

愛。恋。好き。これらは総じて、芸がない。

綺麗な言葉をチョイスするのはどうだろう。花。歌。海。星。空。挙げられるものはいくつでもあるが、出来上がるのは『月が綺麗ですね』の二番煎《にばんせん》じになることが目に見えている。

歌詞や詩の一部を切り取るのはどうか。書道作品ではよくある手法だが、今回はできれば使いたくない。

美しい大和《やまと》言葉を用いるのはどうだろう。しかし、そういう日常的ではない言葉はアキに伝わらない可能性が高いようにも思える。

そう。一番の問題点は、やはり失語症。俺がどんな言葉を書いたとしても、彼女がその言葉を忘れてしまっている可能性は常に付き纏う。告白は、理解してもらえないかもしれない。

不安を筆と一緒に握り締めて、俺はそれでも書き続けた。汗が半紙に落ちてじんわりと浸透していくのを横目に、ただひたすらに筆を動かす。

書いては破り、書いては丸めて、よさそうなものを並べては、全て駄目だと破棄する。硯に追加する墨汁は見る見るうちに減り、すぐに次を求めた。

やはり、書けないのか。俺にはもう、誰かを感動させるに至る書は書けないのだろうか。それを認めまいと、乱暴に半紙へ筆を落とす。振り抜いた手が、墨汁のケースに当たった。横倒しとなったそれはキャップが開いたままで、黒い液体がドバドバと漏れ出す。

「あっ！」

しまったと思い、首を捻る。その先には――黒い海が広がっていた。

俺はいつしか白い浜辺に立っていて、寄せては返す黒い波を見つめている。遥か彼方《かなた》の水平線まで広がる海の上には、白い灯台がポツンと立っていた。そこから放たれている金色の、アキの髪色によく似た光はやはり綺麗で、あまりにも美しく、俺は向こう側へ渡りたくて堪らなくなる。

しかし、俺はこの海を渡る術を持たない。灯台へ――彼女の元へ辿り着くには、言葉にしてもらえずに漂っているこの膨大な墨の海を越えなければならない。

正解は何だろう。解答は何処に記載してあるのか。インターネットで調べても、図書館に入り浸っても、答えは見つからないだろう。

だから、探している。かつての俺が集めた後に『つまらない』と切り捨てた言葉の原石達一つ一つを手に取り、磨《みが》いて、改めて向き合っている。綺麗だと感じる言葉は、俺が思っていたよりも数多くあった。

俺はきっと、コレクションしていただけなのだろう。知識を本棚にずらりと並べて、眺めるだけで満足するようになっていたのだ。日に日に埃を被っていくその中身を、ろくに知ろうともせずに。

言葉とは、文字とは、交わすものだ。相手に何かを伝えるために生まれたものだ。自分の中で囲い込み、評価して、己のためだけに書いていた字が評価されていたあの頃が、おそらく間違っていたのだろう。

人に伝えると思えば、全ての言葉は色を変える。印象を変化させる。俺の知る言葉とは異なる、初めて知る未知へと変貌する。

知らなかった。知ろうとしなかった。俺は今になって、ようやく言葉の使い方を学んだのかもしれない。それは彼女の――小早川亜希のおかげだ。

「……あ」

降ってきた。言葉が浮かんだ。俺はそれを失うまいと、黒い海に筆を浸ける。するとどうだろう。海は巨大な渦潮を作り出し、大波小波をぶつけ合いながら収縮し、黒い飛沫を雨のように降らせながらのた打ち回った。

嵐《あらし》の後には、毛筆に溜まった適量の墨のみが残される。そして、海だった目の前には灯台へと続く平坦《へいたん》な道が現れていた。

さあ、歩き出そう。

●

「にゃおん」

ボクジューの一鳴きで、俺は伏していた体を起こした。頬に触れると、畳の目の跡が刻まれている。どうやら、眠っていたらしい。一体何処からが夢で、何処までが現実だったのだろうか。

部屋の隅では、香澄が壁に背を預けて座ったまま寝息を立てている。羽流は大の字に寝そべり、涎《よだれ》を垂らして爆睡していた。

障子を開けると、窓越しに見える外の世界は薄らと白んできている。夜明けが近いようだ。もうあまり時間がないと、俺は転がっている筆を摑み取る。夢と現《うつつ》の境で見つけたあの文字を忘れる前にしたためようと半紙に向かうが――駄目だ。この想いをぶつけるには、あまりにもキャンバスが小さすぎる。

しかし、大きな作品用の半紙のストックはない。買うにしても、ああいったものは専門店でなければ売っていないはず。開店時間を悠長に待ってなどいられない。

書きたくて、書きたくて、堪らない。俺は何故、こんなに楽しいことを一度捨ててしまったのか。

「起きろッ！」

大声を上げると香澄がパチリと目を覚まし、羽流は慌てふためきながらその身を起こす。

「ん？　おお、肇。書けたのか？」

「すまん。まだだ」香澄に詫びた後「だが、書く言葉は決まった」

「ならさっさと書けよ」と、羽流が寝惚《ねぼ》け眼《まなこ》を擦りながら言う。そんな二人へ、俺は押入れの奥深くから今し方引っ張り出したばかりの、箒《ほうき》のように大きな筆を見せつけた。書道パフォーマンスなどで時折見るもので、買ったはいいがこれまで使った例《ため》しはない。

「この半紙じゃ小さすぎる。何処か大きな字を書けるところに心当たりはないか？」

気軽に大きな字を書いていい場所など、あるわけがない。だが、巨大な半紙となり得るものがなければ思い描く書は完成しないのだ。

「アキさんに見せるってことなら、やっぱり学校がいいだろうな」

「大ホールや体育館の床に書けるとベストなんだが」

「冗談言うなよ」

香澄は苦笑いを浮かべているが、俺は至って真面目だ。そのくらい大きな、自由に使ってもいい場所が欲しい。妙案を提示してくれたのは、悪巧《わるだく》みに長《た》けている羽流だった。

「要は、先生共にバレなきゃいいんでしょ？」

「まあ、そうだけど」

「なら、学校にあるだろ。ほとんど誰も立ち入ることのない、馬鹿デカいキャンバスが」

羽流はニッと笑って見せると、人差し指で真上を指した。

「屋上に書けばいいじゃん」

なるほど。屋上なら平らで広く、危険なので生徒の利用も禁じられている。人が立ち入るとすれば、屋上に設けられている設備の点検業者が数ヵ月に一度くらいのものだろう。

「でも、屋上は防水加工されていて墨は弾くんじゃないのか？」

「んなもん、黒いペンキにでも変えればいい。学園祭で使った余りが美術準備室に保管されてるらしいから、もらっちゃえばいいっしょ」

香澄の意見を一蹴する羽流は、とても生き生きとしていた。

学校に到着する頃には、空は大分白んできていた。やってきたはいいものの校舎の鍵は当然閉まっていて、どうしようかと悩んでいると羽流が「表はセキュリティがヤバい。保健室の通用口から侵入するぞ」と俺達を誘導する。

そこには病人を緊急搬送する場合に備えて外へ直通の出入り口が設けられていて、正面玄関に見受けられたセキュリティ機器も設置されていない。だが、こちらもしっかり施錠はされている。どうするつもりなのかと見守っていると、彼女は何食わぬ顔で針金を鍵穴に差し込みロックを解除した。

「いやいや、何で普通にピッキングできるんだよ⁉」

「夏休みに友達と学校で肝試ししたいなって話になってさ。その時にやり方を覚えたの」

行動力が凄《すさ》まじいな。だが、今だけはその犯罪的な特技に感謝しよう。

侵入後も羽流は針金を巧みに扱い、まずは美術準備室の鍵を開けて黒いペンキを拝借した。その後屋上の錠も外して、キャンバスへと続くドアが開かれる。

夜明けを控えた秋の空気が、俺達を歓迎した。震えるほどの寒さなのに、それが妙に心地いい。冷たい空気を大きく吸い込むと、微かだが金木犀の香りが鼻先を掠めたような気がした。それを切ないと感じたのは、普段と異なる心情や光景に踊らされているからなのだろうか。

屋上には飛来した落ち葉などのゴミ、若干の苔《こけ》などがあるものの、このくらいなら問題なく書けそうだ。待望の特大半紙を前に、俺は早速ペンキを持ってきたバケツへと移す。

「アキに『今から学校の屋上に来てくれ』って感じでメッセージ送るけど、本当にいいの？」

スマホをこちらに見せながら問う羽流に、俺は「ああ」と頷く。泣いても笑っても一発勝負。やり直しはきかない。そして、ここから先は俺だけでやるべきこと。ここまで付き合わせておいて本当に失礼な話だが、集中するため一人になりたい。

「あのさ、二人共。悪いんだけど」

「わかってるよ、肇。俺達はこれでお役御免だ」

訴えるより早く、悟ってくれた香澄は羽流の肩を摑んで踵を返した。

「すまん。この埋め合わせは、必ずするから！」

俺の呼びかけに香澄は後ろ手を振って答え、階段へと通じるドアがぱたんと閉まる。夜明け前の屋上に、たった一人きり。空の灰色と眠っている街の静寂が、果てしなく伸びていくように感じる。

さあ、この景色にあまり浸ってもいられない。

俺は姿勢を正して、目を閉じる。数回深呼吸した後、刮目《かつもく》した。箒のように大きい筆をバケツの中に突っ込むと、引き抜いたそれを叩きつけるように落とす。豪快な起筆により撥《は》ねた黒いペンキが頬を掠めて、学ランに同色の斑点《はんてん》を作った。

そこから、流れるように筆を斜めへ振り抜く。すぐさま体ごと切り返し、穴が開かんばかりに強く止める。掠れた線を残しながら僅かに下へ移動した筆は、目的地で腰を下ろすと袈裟《けさ》斬りの如く払い三日月型の墨を屋上に刻んだ。

月の先から跳ねるように跳び、着地した場所を起点に太く豪快な一本の線を走らせる。引き上げた瞬間に散った飛沫が何かの設備に当たったが、今はどうでもいい。

残りはコンパクトに、冬場の猫のように丸める。そこへ仕上げと言わんばかりに、後方に飛びながら真っ直ぐ筆を引いた。一旦引き上げ、バケツに沈める。溢れたペンキが、足元に黒い水溜まりを生み出した。

一画一画、豪快で、繊細に、心を込めて。

自分のためではなく誰かのために握った筆を、二度と離さないように。

短い言葉だ。楽しい時間は、もうすぐ終わる。だが油断するな。添えるその言葉は、決してオマケではない。

肌寒い中で零れた汗は文字と同化し、頭は極度の集中と興奮でクラクラとしている。俺が選んだ最善の一手。俺自身が決めたアキへの言葉。無数に広がる文字の海の中から摑み取った、キミへ贈るメッセージ。

言葉よ。

言葉よ。

言葉よ。

——どうか、届きますように。

●

背もたれにしていたドアがコンコンとノックされるまで、どうやら俺は眠っていたらしい。起きた途端寒さに身震いし、ここが明け方の学校の屋上であることを思い出す。

「羽流、そこにいるのですか？」

ドア越しに、アキの声がした。彼女を呼び出してくれたのは羽流なので、当然屋上にいるのは俺ではなく羽流だと思っている様子。

「すまんアキ。呼び出したのは俺なんだ」

「……肇？　何故こんな朝早くに？」

疑問を吐露しながら、アキはグイグイとドアを押している。だが、俺が背を預けているので開けることは叶《かな》わない。

「もう、一体何なのですか？」

「どうしても、アキに見せたいものがあったんだ」

「だったらここを開けてください」

「わかってる。でも、もう少しだけ待ってくれ」

俺は遥か向こうに聳える山の奥を見つめる。

「もうすぐ、朝日が昇るから」

お日様のてっぺんが顔を覗かせた途端、それは零れるように世界を光で満たしていく。灰色の世界は息を吹き返すかのように色づき、まだ誰も知ることのない新たな朝が訪れた。

俺はそっと、ドアの前から移動する。ノブを捻り屋上に足を踏み入れたアキは眩しそうに手をかざし、徐々に慣れてきた瞳で目前に広がる文字と対面した。

「……ああ」

彼女は瞬きをするのも忘れて、ゆっくりとその文字へ歩み寄っていく。踏みつけないよう気をつけながら、俺の書いたその言葉一画一画を目でなぞった。

「これ、肇が書いたのですか？」

「香澄と羽流にも色々手伝ってもらったけどな」

「そうですか」

素《そ》っ気《け》ない返しは、興味がないからではない。嬉しいことに、見入っているからだ。表情を見ればわかる。俺は昔、天才と呼ばれていたあの頃、感動を示すその表情を数えきれないほど見てきたのだから。

「……私の字ですね」

「そう。亜希の『希』だ」

その字を選んだ理由は、自分の名前に使われている字ならばアキが忘れてしまっている可能性も低いだろうと踏んだから。

勿論、それだけではない。

「ごめんなさい、肇。私には、この字の読み方がわかりません」

沈んだ声で正直に告げてくれたアキへ、俺は安心させるように切り返す。

「大丈夫。この字の読み方は、多分大抵の人がわからないから」

文字自体は至ってシンプル。ただ、読み方が少し特殊なのだ。

「希望の『希』に送り仮名の『う』をつけて『希《こいねが》う』と読む」

「こいねがう……」

復唱して、アキは書を見つめる。

「意味は、強く願うこと。一般的には別の字が当て嵌められることも多いが、希望を灯《とも》すこの字の方が、俺はずっと好きだ」

「……私もそう思います。いい字ですね！」

彼女はニコリと、いつものようにえくぼを見せてくれた。俺は今頃照れくさくなり、そのついでにと彼女に尋ねてみる。

「こういうのは書いた本人が面と向かって訊くべきじゃないかもしれないが……この字は、アキにとってどうだった？」

「凄くいいです！　感動しました！　もらえるならもらいたいぐらいですっ！」

感想は間髪入れずに飛んできた。絶賛の嵐をここまで浴びせられると、なかなかに面映《おもは》ゆいものがある。しかしながら、現物をプレゼントするのは難しそうだ。

久しく忘れていた、誰かに喜んでもらえる嬉しさ。俺はこの瞬間が好きだから、書道に熱中していたのだ。——そのことを思い出せて、本当によかった。

「やりましたね、肇！」アキは拳を突き上げて「これでスランプ脱出です！」

「いや、まだまだだよ。この『希う』も、今書ける最高の字だとは思うが、百パーセント納得しているわけじゃない」

「えー、これでもですか？」

書を見下ろしたアキは、不満げに「贅沢ですね」と呟いた。

——さて、これで終わりではない。伝えなければならないことは、ここからだ。

「アキ」

名を呼ぶと、彼女の青い瞳が俺を捉える。偽物だとわかっていても、朝日に煌めくその眼が綺麗なことに変わりはなかった。

「その字を見て、感動したって言ってくれたよな?」

「はい」

「アキが望むドキドキは得られたんだよな?」

「はい」

「なら、これが俺なりの答えだ」

わからないと言いたげな彼女に、俺は続ける。

「アキは言葉を忘れてしまう。それはきっと、今後も付き纏ってくることだと思う」

「はい……そうですね」

「でも、言葉以外として捉えれば忘れずに済むんじゃないのか?」

書と向き合う中で、ふと頭を過ぎったアキの病への対抗手段。

「失語症は、言語機能の障害でありそれ以外は正常。だったら、今回のように文字を絵のような作品として認識できれば、記憶は薄れずに済むかもしれないと思うんだ」

これには、何のロジックもない。もしかしたら医学的に有効ではないと既に結論付けられているかもしれないし、上手くいくと断言できる理由なんて一つも存在しない。何故ならこれは、謎解きじゃない。俺自身が出した、俺自身の答え。それをただ、伝えたかっただけだ。

「俺は今日から、本格的に書道を始めるよ。それで、アキが忘れたくない言葉を今日みたいな作品にする。アキがドキドキできる芸術に仕上げて、その心臓に刻みつける」

彼女は言っていた。一説によると、心臓には記憶できる機能が備わっていると。失語症により脳への言葉の定着が弱まっている彼女は、その説に希望を見出していた。だからこそ、ドキドキを求めていたのだ。心の高鳴った言葉ならば、それは心臓に記憶できるかもしれないから。

「……いいのですか？　そんなことを言って」

彼女は潤《うる》んだ瞳を隠そうともせずに問う。「私、我儘ですからたくさんお願いしますよ？」と。

「構わない。何文字でも書くよ。何ならあの手帳にある言葉を、全て書き起こしてもいい」

「口約束は嫌ですよ？　私今、凄くワクワクしています。その方法なら、肇が書いてくれた言葉なら、本当にもう失わずに済むかもしれません」

彼女は願う。いや——希う。俺が示した希望に賛同し、協力を願ってくれている。

「お安い御用だ。俺も、これまで見落としてきた言葉と向き合うことから始めるよ。一緒に、一歩ずつ前に進もう」

「はい！」

俺が差し伸べた手を、彼女は握り返す。完全に顔を出した朝日は、並び立つ俺とアキの影を細長く映し出していた。

彼女は俺に希い、俺もまた、彼女に願っている。

アキに贈ったこの言葉は、あくまでも俺からのラブレター。もがきながらも掴み取った、自分なりの『月が綺麗ですね』。

希う。

転じて——恋願う。

内気な俺の告白は、果たしてキミの胸に届いただろうか。

翌日の昼休み。屋上には、デッキブラシを持ち汗を流す俺の姿があった。

昨日は妙なテンションになっていたこともあり気が回らなかったのだが、屋上に機器類の点検業者が数ヵ月に一度でも立ち入るということは、いずれバレるということだ。そうなれば真っ先に疑われるのは書道部であり、今度こそ廃部は回避できないかもしれない。

そんなわけで、誰かに見つかる前に消してしまおうと奮闘しているわけだ。

「なぁ、手伝ってくれよ」

傍観しているアキ、香澄、羽流の三人に要求するも、誰一人として昼食を食べる手を休める様子はない。ちなみに、羽流の傍《かたわ》らにある山盛りのパンは昨日の見返りとして俺に買わせたものであり、財布の中身が枯渇した俺は本日昼食にありつけていない。今後、二度と羽流には借りを作らないと誓った。

「まあ、地道に消せばいいじゃん。鍵ならいつでも開けてやるからさ」と羽流が総菜パンを頬張り、「すまん肇。昨日部活で手首を捻ってな」と香澄が詫びる。アキに至っては、文字を消す作業に移る前にスマホでしこたま撮影した『希う』の写真を眺めてニマニマとしていて、俺の訴えすら聞こえていない様子。

ぐうと鳴る切ない腹の虫の音を聞きながら、俺は一人ブラシを握る手に力を込めた。

程なくして、予鈴が校舎全体に響き渡る。「やばい。次は特別教室じゃん！」と羽流が食べきれないパンを抱えて屋上から出ていき、香澄も「急げよ肇」と簡単な励ましを送っただけで片付けの手伝いはしてくれなかった。

「では、私も先に行きますね」

アキにまで見捨てられてしまい、虚《むな》しさに打ちひしがれそうになった——矢先のことだ。戻ってきた彼女が、ドアの向こうから顔を覗かせて声をかけてくる。

「肇」

「どうかしたのか、アキ?」

「……月は綺麗ですか?」

——堪らず、作業の手を止める。体は汗ばんでいるというのに、全身がぶるりと震えた。

彼女が発した言葉は『月が綺麗ですね』を疑問形に置き換えたもの。本来の意味が I love you であることを踏まえれば、今の言葉はそれを俺に対して尋ねたということになる。

アナタは私が好きですか、と。

——どうやら、届いていたらしい。

頬を緩める俺を前に、アキは持っていた手帳で赤らんだ顔を隠した。

この作品は、書き下ろしです。

〈著者紹介〉
皆藤黒助（かいとう・くろすけ）
2012年、『飛火夏虫 —HIKAGEMUSHI—』（スーパーダッシュ文庫）でデビュー。『ようするに、怪異ではない。』（角川文庫）からはじまる「よう怪」シリーズで人気を集める。

ことのはロジック

2019年2月20日　第1刷発行　　定価はカバーに表示してあります

著者……皆藤黒助《かいとうくろすけ》

発行者……渡瀬昌彦
発行所……株式会社 講談社
〒112-8001 東京都文京区音羽2-12-21
編集03-5395-3506
販売03-5395-5817
業務03-5395-3615

本文データ制作……講談社デジタル製作
印刷……豊国印刷株式会社
製本……株式会社国宝社
カバー印刷……株式会社新藤慶昌堂
装丁フォーマット……ムシカゴグラフィクス
本文フォーマット……next door design

ISBN978-4-06-514306-3　N.D.C.913　294p　15cm

講談社タイガ

皆藤黒助

やはり雨は嘘をつかない

こうもり先輩と雨女

イラスト
あきま

私の誕生日の前日、おじいちゃんは危篤《きとく》に陥った。肌身離さず持っていた写真は、私の生まれた日に撮影された心霊写真めいたものだった。しかも「五色《ごしき》の雨の降る朝に」という謎の書き込みが。かわいがられた記憶はないけれど、写真に込められたおじいちゃんの想いを知りたくて、雨の日にしか登校していない雨月《あまつき》先輩に相談を持ちかける。これは私が雨を好きになるまでの物語。

講談社
タイガ

望月拓海

顔の見えない僕と嘘つきな君の恋

「君は運命の女性と出会う。ただし四回」占い師のたわごとだ。運命の恋って普通は一回だろう？　大体、人には言えない特殊な体質と家族を持つ僕には、まともな恋なんてできるはずがない。そんな僕が巡り合った女性たち。人を信じられない僕が恋をするなんて！　だけど僕は知ってしまった。嘘つきな君の秘密を——。僕の運命の相手は誰だったのか、あなたにも考えてほしいんだ。

講談社タイガ

閻魔堂沙羅の推理奇譚シリーズ

木元哉多

閻魔堂沙羅の推理奇譚

イラスト
望月けい

俺を殺した犯人は誰だ？　現世に未練を残した人間の前に現われる閻魔《えんま》大王の娘——沙羅《さら》。赤いマントをまとった美少女は、生き返りたいという人間の願いに応じて、あるゲームを持ちかける。自分の命を奪った殺人犯を推理することができれば蘇り、わからなければ地獄行き。犯人特定の鍵は、死ぬ寸前の僅かな記憶と己の頭脳のみ。生と死を賭けた霊界の推理ゲームが幕を開ける——。

講談社
タイガ

閻魔堂沙羅の推理奇譚シリーズ

木元哉多

閻魔堂沙羅の推理奇譚

負け犬たちの密室

イラスト
望月けい

「閻魔堂《えんまどう》へようこそ」。閻魔大王の娘・沙羅《さら》を名乗る美少女は浦《うら》田《た》に語りかける。元甲子園投手の彼は、別荘内で何者かにボトルシップで撲殺され、現場は密室化、犯人はいまだ不明だという。容疑者はかつて甲子園で共に戦ったが、今はうだつのあがらない負け犬たち。誰が俺を殺した？　犯人を指摘できなければ地獄行き!?　浦田は現世への蘇りを賭けた霊界の推理ゲームへ挑む！

講談社タイガ

御子柴シリーズ

似鳥 鶏

シャーロック・ホームズの不均衡

イラスト
丹地陽子

両親を殺人事件で亡くした天野直人《あまのなおと》・七海《ななみ》の兄妹は、養父なる人物に呼ばれ、長野山中のペンションを訪れた。待ち受けていたのは絞殺事件と、関係者全員にアリバイが成立する不可能状況！推理の果てに真実を手にした二人に、諜報機関が迫る。名探偵の遺伝子群を持つ者は、その推理力・問題解決能力から、世界経済の鍵を握る存在として、国際的な争奪戦が行われていたのだ……！

講談社
タイガ

《最新刊》

ギルドレ（1）

有罪のコドモたち

朝霧カフカ

『文豪ストレイドッグス』の朝霧カフカが紡ぐ超ド級エンタメ冒険譚！
世界を救った少年は、神か悪魔か救世主か……!?　漫画化も決定！

ことのはロジック

皆藤黒助

元天才書道少年・肇が恋したのは日本語を愛する金髪転校生・アキだった。「月が綺麗ですね」を超える告白をして、失った青春を取り戻せ！

赤レンガの御庭番《エージェント》

三木笙子

明治末の横濱。米国帰りの探偵と謎の美青年が「御庭番《エージェント》」として絶世の美女率いる闇の組織「灯台」と対峙する。